指先で先端をこねくり回し、彼が官能的な所作で揉む。
「だ、だめです、殿下……あっ、ん……」
「こんなこともしているのに、妃ではないと言うのか？」

婚約破棄したい悪役令嬢ですが
ヤンデレ王太子に執愛されてます

～甘すぎR展開なんて聞いてませんっ!!～

百門一新

Vanilla文庫

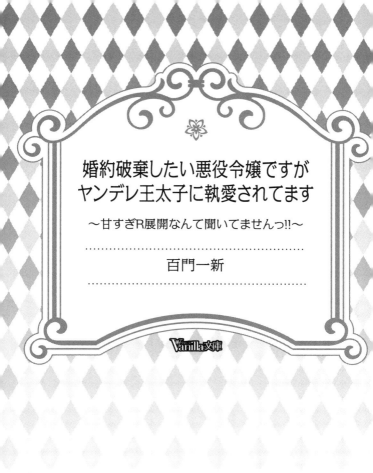

婚約破棄したい悪役令嬢ですがヤンデレ王太子に執愛されてます

甘すぎR展開なんて聞いてませんっ!!

contents

イラスト／氷堂れん

プロローグ

ユースティース王国では、女性は十八歳で結婚可能なレディとして認められる。

先週、公爵令嬢シャルロット・モルドワズも成人入りした。

気分転換がてら散歩していた午前中、王都のベルファード通りにあるプィシエラの並木道へと差し掛かったのだが――。

春を告げるプィシエラの花弁が舞う中、彼女が見たのは、その中央で美しい令嬢と密会している婚約者の姿だった。

（え……？）

絵になる一組の美男美女のうちの一人は、シャルロットと今年の秋に結婚が予定されているはずの婚約者、王太子クラウディオ・ユティスだ。

そしてもう一人は、昨年ようやく王都に来たことが騒がれた美少女、ベイカー伯爵の末娘エリサ・ベイカーだ。

今見たばかりの顔なのに、シャルロットは相手の令嬢の身元まではっきりと分かった。

「あっ、シャルロット公爵令嬢様っ」

エリサが可愛《かわい》らしく慌てた。きゅるんっとした目を困ったように潤ませ、クラウディオを見る。

「クラウディオ様」

――クラウディオ、と名前で呼んでいる。

エリサの慌てた感じからしても、プライベートで二人で会っていました、感がかなり出ていた。

つまり修羅場だ。シャルロットに激震が走る。

自分は運悪く浮気現場に居合わせてしまったのだ。本来なら結婚間近の逢引《あいび》きに、ショックを受けるところだった。

しかし、その浮気現場に遭遇した瞬間、それ以上の衝撃がシャルロットの頭に襲いかかっていた。

(こ、この〝場面〟知ってるわ)

シャルロットは呆然《ぼうぜん》としつつ、王太子のこれまでの冷たい対応にも説明がついて、納得してしまった。

それでいて今、自分こそ〝邪魔者〟なのだ、とも理解する。

「シャルロット――」

クラウディオが口を開く。

しかし、君は邪魔だと視線で言われるのを見越したシャルロットは、素早く頭を下げていた。

「も、申し訳ございませんでした殿下！」

優等生で、これまでだったら上げたことがないような大きな声。

シャルロットも自分でびっくりしたように、クラウディオも驚いたのか初めて言葉をぴたりと止めていた。

「えぇと殿下、恋愛はあなた様の自由ですわ！　私は今の状況も怒ったりなどしませんのでっ！」

頭を上げたものの、向こうにいる婚約者の王太子を見られない。

「なんだと？」

彼の声が、一段と冷えるのを感じた。

シャルロットは俯《うつむ》いている首の後ろが冷えるのを感じた。

とにかく〝これ以上〟嫌われてはいけない。敵にはならない――彼女は目を見られないまま焦って言葉を紡ぐ。

「私は気にしません！　婚約破棄してくれても全然いいのでっ！　――うん、お幸せに！」

背を向け、その場から逃げ出した。

クラウディオが青い顔をして名前を呼んだが、エリサに腕にしがみつかれて引き留められたことも、シャルロットは見なかった。

これまでこんなに走ることなんてなかったから、へなちょこな走りで、とにかくシャルロットは修羅場から離れるべく猛ダッシュした。

（ああっ、混乱して頭が回るわ）

今年に結婚するはずの婚約者が、他の女性と二人きりで会っている。

そんな浮気現場を見て、シャルロットは唐突に気づいてしまったのだ。

――シャルロットは二人にとって邪魔者の〝悪役令嬢〟だった。

一章　そして二人の婚約が終わる

シャルロット・モルドワズは、王太子の婚約者だ。

モルドワズ公爵家に生まれ、八歳の時に、五歳年上の王太子クラウディオ・ユティスと婚約した。

このユースティース王国では、男性の成人年齢は二十歳とされている。女性は十八歳だ。

シャルロットが成人したら結婚することが予定され、婚約者になった日から彼女には厳しい令嬢教育と妃《きさき》教育が始まった。

王太子クラウディオ・ユティスは、青い瞳をした、銀髪の美しい少年だった。

凍えるような髪の色は、まさに彼の性格を示しているとシャルロットは思う。

出会った時、シャルロットは八歳、彼は十三歳だった。

クラウディオは十三歳とは思えない大人びた目をしていて、睨《にら》むような顔を怖いと感じたのは覚えている。

『彼は立派な王太子になるべくすべてを注いでいる』

それ以外には興味がなさそうだと、婚約したあとでシャルロットは耳にした。そして彼女自身も痛感した。

シャルロットは社交の予定がなくとも、二週間以内には一度王宮へと足を運んで婚約者として彼を訪ねた。

だが、クラウディオは勉強机から振り返ることもしなかった。

彼は滅多《めった》に休憩などいれない人だったのか、訪れるたびに忙しそうにしていてシャルロットの相手を大人に任せた。

『あの、わたくしが来ると邪魔になるようなら、あまり来ないようにしますから』

『婚約者としてのマナーに反するのでは？』

怖い顔がようやく向けられたと思ったら、心臓がぎゅっとなるような指摘をされて怖くなった。

けれど彼のもとを訪れても、私的な会話をしてくれるわけではない。

報告みたいに、シャルロットは今行っている勉強などを話した。

勉強机の椅子に座って背を向けているクラウディオは、それを一通り聞くと『そうか』とそっけない相槌《あいづち》を打った。

それだけだった。二人で紅茶を飲むなんて余暇はなく、それを見た貴族たちはあまりにも冷たいのではと囁《ささや》いた。

(きっと私が――あまりにも幼くて、難しいことも分からないからだわ)

シャルロットは真面目にそう考えた。

秀才だと言われていたクラウディオは、恐らく彼女みたいな女の子が婚約者になったことが許せないのだろう。

シャルロットは、自分が婚約者に選ばれたのは父が国王の側近であり、家格、そして偶然にも王太子と年齢がさほど離れていない令嬢が他にいなかったせいだと利口にも推測していた。

だから、どうにか心を通わせてもらえるよう、必死に頑張ってきた。

完璧な彼に対して失礼がないよう気をつけて接してきたけれど――年々、距離を置かれていった。

【努力する五歳年下の公爵令嬢に、王太子殿下は冷たい】

政略結婚による縁組。二人の不仲説が、社交界の一部で面白おかしく噂《うわさ》されているのはシャルロットも知っている。

事実なので仕方がない……ショックは受けなかった。

ただ、この努力になんの意味があるのか時々無性に虚《むな》しくなり、そして心通わせられないことを寂しく思った。

将来結婚する相手なのなら、仲良くなりたいと子供心に少し思った。

二人は政略結婚だ。シャルロットがするのは王太子妃という〝仕事〟なのだと——そっけない彼の態度を受け続ける中で、無情にも妃教育で悟ることとなった。

（それでも……いずれ国をみるのに、こんな関係ではいけないのではなくて？）

シャルロットは教養を吸収していきながら、自分みたいな相手と結婚させていいのか心配した。

国のことを思えば、ちゃんと交流が取れる相手の方がいいと思えた。

その考えは、結婚の予定である今年を迎えても変わらないでいた。

予定通りであれば秋には結婚するが、その件についてどうなっているのかさえシャルロットはクラウディオに気軽に話しかけられない。

クラウディオが、拒絶して話そうとしないからだ。

そう受け取れるそっけない態度を見ていると、公爵令嬢の自分が王太子に許可なく発言なんてできないと思う。

彼はもうとっくに二十三歳。シャルロットは挙式可能な十八歳の誕生日が控えているのに、クラウディオはとくに何も言ってこないままだった。

（彼は……私と結婚したくないのね）

話したくもないのなら、きっと公務もうまくいかないだろう。

そして十八歳の誕生日を迎えたが、結婚について彼から話は出なかった。

予想していたものの、シャルロットは切ない気持ちになった。そして先を案じた。

シャルロットは自分たちが結婚し、王太子夫婦となった場合、国王と王妃に迷惑をかけないか心配した。

昔から二人には可愛がってもらっていて、シャルロットも国王夫妻を大切に想《おも》っていた。

彼らとの出会いも、婚約が決まった約十年前だ。

当時、十三歳の銀髪の王太子は、氷みたいな眼差《まなざ》しをしているにもかかわらず大勢の令嬢たちを夢中にさせていた。

『冷ややかでも構わないわっ』

『見つめ続けていたい美しい王子様！』

そんな大人気な相手との縁談話だ。国王の側近という立場だったためか、父は喜ぶ素敵な報告があるぞと言って語ってきた。

けれどシャルロットは、喜ぶどころかぶっ倒れた。

『シャルロット⁉』

今思えば前世の影響だったのかもしれないが、シャルロットは数百という使用人を抱えた公爵家に生まれたのに、非常に内気な性格だった。

縁談とは大勢の令嬢たちとの競争の中で、高い教養、美しさで勝ち取るものだ。

そう乳母にやる気満々の笑顔で教えられた際、ぶるぶると震えて涙が出た。

縁談争いに飛び込む勇気はまったくなかった。

蹴落とし合いとか自分の気質では無理であり、注目される立場になるのも想像するだけで絶句した。

こんなことでは縁談話はなかなか勝ち取れないだろうが、社交界入りをしたあとにでも気の合う人とゆっくり出会っていければ――と、慰めてくれた使用人たちの言葉にようやく心の平穏を取り戻した矢先だった。

突然、王家からの婚約決定の知らせがきたのだ。

信じられない思いのまま、シャルロットは父に連れられて、国王と王妃に対面することになった。

そして彼女は、クラウディオを紹介されている途中で、またぶっ倒れたのだ。

かなりの大失態だった。目覚めた瞬間、罪悪感で息ができなくなった。

だが、それを助けてくれたのが、国王夫妻だった。

『ごめんなさいねぇ、急で驚かせてしまったわよね』

目覚めた寝室に、にこやかに話しかけてくる王妃と国王の姿があった。

わざわざ共に公爵邸へと足を運んで、目覚めを待っていてくれたことにシャルロットは驚いた。初の顔合わせで失礼なことをしでかしてしまったのに、わざわざ夫婦で見舞いにも来てくれたのだ。

『可愛い相手を見つけたくて、わたくしの意見も入れたのよ。あの子もまだ幼いし、お試しの婚約ということで、ね？』

シャルロットは『婚約なのにお試し……？』などと思ったものだ。

父が側近で、公爵家で、年齢が近いから――と理由を思い浮かべてみると、なんだか納得もできた。

婚約する間柄だから失態を咎《とが》めないのかもと勘ぐったら、王子との再度の顔合わせに頷《うなず》くしか選択肢はなかった。

そして後日、王宮でクラウディオと再び引き合わされることとなった。

二度目の対面を果たした王族専用のサロンで、二人きりにさせられると彼は黙り込んでしまった。

冷ややかな眼差しでじっと見つめられ、シャルロットは震え上がった。

失神した令嬢を婚約者にされて不満なのだろうと思った。そこでハッと思い出し、王妃がお試しみたいなものだと言っていたことをびくびくしながら教えた。

『お互い幼いから……？　その、今は婚約するしかないようですが、大きくなっていったら、嫌だったら断ってもいいみたいです。その時には殿下がおっしゃってくだされば、婚約はなくなるかと』

勉強もまだまだな八歳、シャルロットは沈黙が怖すぎて、ありったけの勇気をかき集めてそう言ったのを覚えている。

あの時、彼は少し考えてこう答えていた。

『そうだな。まだ俺たちは幼い。〝その時が来たとしたら〟君に言おう』

シャルロットは無表情で感情が読めなくて『約束ですよ』と念を押した。彼は小さく頷いていた。

◆◆◆

だというのに、なぜクラウディオは『嫌だ』と意思表示してくれなかったのか？

一人の散歩から帰宅したシャルロットは、リビングで頭を抱えていた。

休憩用に紅茶が出されたが、最初の数口だけで全然飲む気になれない。

公爵令嬢という立場で大胆発言してしまったこと、猛ダッシュで逃げ出したこと、浮気現場という修羅場――。

とにかく、頭が痛い。

（いえ、頭が痛いのは当然かも）

頭の中の記憶が〝一気に〟増えたせいだ。

ひとまず頭の中を整理したくて、走って帰ってきた際の呼吸を整えながら、ここでじっと座っていたところだ。

自分が口走ってしまった失態を思えば、怖くもあった。

だから、気心が知れた人たちがいるリビングに座らせてもらっていた。

（婚約者が、格上の王太子に婚約破棄を促すような発言をしてしまったわ……）

相手は、完璧な王太子だ。

非難されるのは目に見えていて、落ち込む。

（悪いのは殿下なのに……そんな理屈、通らないから……）

すでに愛した人を見つけたのに『嫌だ』という意思表示もせず、婚約を続けながら逢瀬《おうせ》を重ねていた。

溜息《ためいき》が出たが、苦しくて呻《うめ》くような声になってしまった。彼が婚約破棄を先に両陛下に述べてくれていれば、シャルロットだって妃教育を〝昨年まで〟にしなくても済むようになっていたはず。

年上の完璧な王太子に睨まれてはいけないと、常にあった緊張感。

それから解放されていたはずだ。

紅茶の残りにも手をつけず、うんうん唸《うな》っているシャルロットの姿はだいぶ目立っていた。そばで佇《たたず》んでいた侍女が、遠巻きにうかがっている執事や使用人仲間に尋ねる。

「頭でも打ったのでしょうか……また、木にでも衝突を？」

「可能性はありますな。走って戻られたと門番からも知らせがありましたから、アリッサ、お嬢様の頭を確認して――」

「必要ないわよ」

シャルロットは、ぱっと顔を上げてそちらを振り返る。

「それに、そんなにぼんやりしていないわ」

大事なので主張したら、見ていた使用人全員が神妙な空気で目をそらしていった。

心外だと思って、シャルロットは可愛らしく頰《ほお》を膨らませた。

外で優秀だと言われることはあっても、鈍い、みたいなニュアンスでぼんやりだとされることはなかった。

シャルロットは王太子の婚約者として、ずっと努力してきたのだから。

自分ではまだまだクラウディオに認められるほどの才女にはなっていないと思ってはいるが、周りからは『王太子の隣に相応《ふさわ》しい優秀な令嬢』という評価を確立した。

（でも……それも無駄だったのだけれど）

将来結婚する相手といい家庭が築けるよう、歩み寄るためのシャルロットなりに考えた方法でもあった。

けれど勉強の努力は、無意味だったのだ。

考えると胸が苦しくなった。

（いずれ、婚約破棄される身）

今のうちに〝ケリ〟がついた方がいい。

先程のクラウディオへの発言も、そう考えると都合がいいかもしれない。どうせ怒らせるのならそれを逆手にとって、妃候補から退陣する。

「……部屋に戻るわ。お父様たちがご帰宅されたら教えて」

シャルロットは一人にしてと言って、二階の私室へと上がった。

「ふぅ」

私室の奥の窓際、そこに置かれた勉強机に白い紙を広げた。

頭の中を整理すべく、シャルロットはキーワードを規則性なく書き出していった。現在の国王の名前、その周囲――。

前世の記憶と照らし合わせても、登場人物は完全一致していた。

（間違いないわ、この世界は……【エリサとイケメンたちの恋】）

そして『シャルロット・モルドワズ公爵令嬢』は、恋愛ゲーム【エリサとイケメンたちの恋】の〝悪役令嬢〟だ。

（性格はだいぶ違うけど配役的に、完全に、私だわ）

婚約者が別の女性と逢引きしている現場に不運にも居合わせてしまう、という修羅場で前世の記憶が一部戻った。

自分と同じ顔と名前をした『シャルロット』という女性の人生。

それがゲーム画面の中の光景として、走馬灯のように先程シャルロットの脳裏を流れていった。

信じがたいことに、シャルロットは前世どうやら普通の会社員だったようだ。

ゲームに関わっていた当時の一部の人生しか思い出せていないので、あまり実感はない。

ただ、シャルロットの大貴族生まれにしては『珍しい』と言われていた感性などは、前世が影響していたのだろうとは推測された。

仕事をしていた普通の会社員で、人々に注目されることもない平凡な身分。

そしてあの世界では、恋をして結婚したいと思うことは普通だった。

思い出した前世の記憶によると、この世界はその時にやっていたゲームの風景まさにそのものだった。

――配役、悪役令嬢、シャルロット・モルドワズ公爵令嬢。

そのゲームの紹介説明文も前世で見た。

あまりにも自分と性格が違いすぎて混乱したものの、婚約者からの待遇は同じだ。

それで、シャルロットは確信したのだ。

これは変えられない〝運命〟みたいなもの、と。

だから、努力は無意味だったと落胆してしまった。そしてゲーム通り、シャルロットは彼と破局するのだろう。


ゲームで見たシャルロット・モルドワズは、勉強が大嫌いな公爵令嬢だった。

教養を育てなかったため、周りへの迷惑も考えられない我儘《わがまま》な性格になる。

シャルロットは『王子様』と呼んでクラウディオに憧れていた。自分がいずれ『お妃様』と呼ばれる日を想像して胸を張った。

けれどある日、クラウディオがエリサと出会ったことで彼女の自信は揺らぐ。

不安になって初めて周りの話に耳を傾け、シャルロットは妃に相応しい相手が彼の結婚相手になるのは当然だと知る。

優秀な女性、そして——クラウディオが愛した人。

婚約者の地位を危ぶまれたシャルロットは、王太子の心をエリサから奪い返そうと躍起になる。

あらゆるところで邪魔をし、悪評を操作したり本人に脅しをかけたり、そしてとうとう罪に問われる行為にまで手を出す。

シャルロットが成人した年の秋入りの祝日に結婚する予定を目前にして、シャルロットは投獄中に婚約破棄されてしまうのだ。

それが、ゲームの〝意地悪なシャルロット・モルドワズ〟の人生だ。

（ええぇ……そもそも私、他人の恋を引き裂くとか無理そう……）

前世の性格の影響が強いのだろう。今のシャルロットには、まず考えられないような恋の略奪劇だった。

（悪役？　私が？　……うん、無理！）

思い出した時と同じ結論に至った。

妃教育もかなり苦労した。それ以上の心労が予想される恋愛のごたごたに巻き込まれるなんて、ごめんだ。

クラウディオには今も完全に嫌われてしまっている。

（彼とは仲良くなりたかったけど……完全に無理だと分かったし）

年々、婚約者なのに距離を置かれていってていたことにも納得した。

婚約者の誕生日会にも出席せず、忙しいと手紙にも書いていたはずの彼が、その翌週に屋敷の近くを歩いていた。

それが、今のシャルロットと彼の遠すぎる距離感の証拠だ。

それに――ゲームは、昨年の春から始まっていた。

昨年の春の社交シーズン、ベイカー伯爵家の秘蔵っ子である伯爵令嬢エリサ・ベイカーが、王都の社交界入りを果たしたと話題になっていたのは覚えている。

かなりの美少女だと男女共に騒いでいた。

あのあと話を聞かなくなっていたが、たぶん社交界の美女、ゲイツァ侯爵令嬢や美人三姉妹の婿選びなど話題が続いたせいだろう。

（あれから一年……邪魔者もなく交際していた、のよね）

考えると胸が重苦しく締め付けられる。

その間シャルロットは、勉強に忙しかった。

クラウディオが認めてくれるような女性になるために努力していた。それを思うと、やるせない。

それにハタと気付いた彼女は、慌てて考えるのをやめた。

仕方がないのだ。ゲームでそう決まっていたのだからと自分に言い聞かせ、無理やり納得させる。

二人の交流が順調だっただろうことを想像すると、もうどうにもできないほどクラウディオとエリサは親密な関係を築いているはずだ。

（あのプィシエラの花が舞うベルファード通りの並木道のシーンは、何度か〝ゲーム〟で見ていた交流イベントだわ）

出会い、そして一年後にはデートで歩くのだ。

毛嫌いされて距離を置かれ、あまつさえ人目を忍んで別の女性とデートをされてしまっている。

あとは、婚約破棄のイベントを待つばかりだろう。

それならここは、潔く身を引く方が平和的だ。

シャルロットは、諍《いさか》いは嫌だった。

平和で済むのなら、ほとんど王家と会うことがないような、遠くの格下の貴族に嫁いでのんびり暮らしてもいいと思っている。

(殿下との政略結婚だと叶《かな》わないことも……普通に、恋愛することもできる、かもしれないのよね)

心を通わせようと努力し続けてきたクラウディオとの、完全な決別。

そこに胸は苦しくなったが、悪いことばかりではないだろうとシャルロットは自分で思うことにした。

「そうだとすると記憶が曖昧な問題も解決するし……」

あまりやりこまなかったゲームなので、エリサとクラウディオがどんな交流を経ていくのか詳細には思い出せないでいる。

悪役令嬢にしても、すごく性格が悪くて最後はかなり悪いことをした、という印象しかなかった。

倒れなかっただけマシかもしれない、シャルロットは冷静に考え直した。

この世界で十八年生きているので、そこに前世の膨大な記憶まで加わったら大変な情報量になるだろう。

外で失神して、父に相談する時間が長引く方が嫌だ。

話が大きくなってしまう前に婚約をなくすための準備をする。

幸いだったのは、陛下たちに『もし相性が合わないようだったら——』と配慮されての婚約だったことだ。

(殿下にも伝えた。だから大丈夫、大丈夫なはず……)

クラウディオは成人した婚約者を放っておいて、ゲームヒロインのエリサと二人で会っていた。

もう結婚への気持ちを固めている頃合いだとすると、急いだ方がいい。

合意なら婚約の解消も迅速に進むはずだ。

(ごめんなさい、お父様)

クラウディオに勢いで『婚約破棄してくれてもいい』と先に言ってしまった。それを理由にして父に解消を提案するつもりでいた。

王族との婚約を棒に振る。

でも、これはシャルロットだけでなくて、運命の出会いから一年エリサを大事にしているクラウディオも同じ意見なのだ。

（まずは、婚約の解消を相談しなくては）

シャルロットは緊張で心臓が変になってしまいそうで、落ち着かず部屋の中を歩き回りながら、今か今かと父の帰りを待った。

社交から父が戻ったら、すぐにでも相談しようと考えていた。

だが、それは予想外にもできなくなる。

「シャルロット、今から父と一緒に王宮へ行こう」

「えっ」

ランチを済ませたら戻ってくると聞いていたのに、両親が帰宅したのは、予定より二時間も経《た》ったあとだった。

「陛下が急ぎお前に会いたいそうだ」

どうやら、父たちは外出先で国王に呼び出されたそうだ。

『公爵令嬢が、王太子に婚約破棄を提案した』

急速にその噂が広がっているという。なんでも、偶然目撃したエリサ伯爵令嬢が、驚きのあまり言いふらし回っているとか。

（偶然？　ああ、つまり殿下と交際しているのは秘密の状態で……？）

まさか彼女自身が、噂を広げているというのも意外だった。

けれどシャルロットには今、そんなことを考えていられる余裕はない。王の間に呼び出されるという大事になったのだ。

「わ、分かりましたわお父様っ。まず謝罪に相応しいドレスを――」

シャルロットは慌てて礼装に整えようと侍女を呼んだが、母が止めた。

「謝罪？　何を言っているのです、シャルロット。大丈夫ですよ。お話をしたいだけだとおっしゃっていましたから」

「で、ですが――」

「そうだぞシャルロット、落ち着きない。そんな大きなことではないのだから気を張りすぎるな。また倒れてしまうぞ？」

自分がつい言ってしまった言葉が、とんでもない騒ぎを引き起こしてしまったのだ。大きなことではない、なんて思えなかったが、とにかく国王が会って話したがっているというのは事実だ。急ぎ、王宮に向かうのが先決だろう。

そのままシャルロットは母の見送りを受けて、父と共に、二人が乗ってきた馬車で王宮へと向かった。

◆◆◆

向かう車内の中、シャルロットはがちがちに緊張していた。

だが王宮に到着し、騎士たちの迎えを受けて下車したところで拍子抜けする。

（あら……？　集まっている貴族の数も少ない？）

てっきり非難の視線をたくさん向けられると思っていただけに、不思議だった。見てはくるけれど、非難めいた囁きも聞こえてこない。

騎士の案内を受けて、王の間へと入った。

「おお、よくぞ来たね。急ぎ呼び出してすまなかった」

政治のことでも話していたのか、そう告げてきた国王の近くには側近たち、それを見守っている貴族たちの姿がまばらにあった。

国王は臣下を左右に下がらせ、シャルロットと父を朗らかに迎えた。

だがシャルロットは、彼の隣を見て緊張に身が竦《すく》んだ。

王座の隣には王妃、そしてそばにはクラウディオが立っていた。

（クラウディオ殿下……）

彼は銀色の髪の印象と同じく、冷たいと感じるクールな目でじっとシャルロットを見据えている。

数時間前に外にいた彼もまた、王宮に戻ってきていたらしい。

「モ、モルドワズ公爵の娘、シャルロットにございます。国王陛下、ならびに王妃陛下、そして王太子殿下にはご機嫌麗しゅう」

謁見の場に立つと同時に、クラウディオの視線に緊張して慌てて一礼する。

「そう硬くならないでよい。私たちと君の仲だろう」

シャルロットは困ったようにぎこちなく微笑《ほほえ》むに留《とど》める。

国王は小さく息を吐き、「困らせるつもりはなかったのだ」と優しい私語を交え、言葉を続けた。

「早速だが、婚約破棄を口にしたと聞いたが、まことか？」

初聞きだったらしい会場内の貴族たちが、小さくざわめいた。

側近たちはすでに耳にしていたのか、かなり気にした様子でクラウディオと、シャルロットへ視線を往復させる。

「そ、その、……はい、事実にございます」

「どうしてそのようなことを？」

「わたくしは妃教育も終えました。先日の成人の誕生日を節目に、その、自分がこの国のための妃に相応しいか今一度考えたところ、まだまだであり、相応しくないのではないかと、考え直すに至ったと言いますか……」

咄嗟《とっさ》に口にしたことへの言い訳を考えた。話すごとにクラウディオに睨まれて、シャルロットはしどろもどろになる。

まるで、非難されているかのようで胸が苦しくなった。

（私がこの場に立っているのも、せめて、あなたのためになるように、なのに）

クラウディオの冷たい眼差しに、心が締めつけられるように痛む。

馬車の中で考えた。大事になってしまったが、それなら自分の発言について非をかぶってでも、婚約の解消へと運ぼう、と。

将来結婚する相手として、シャルロットは少しだけでも仲良くなれないだろうかと思って、勉強も交流も努力した。

八歳で出会い、実に十年という長い月日だった。

（その間、あなたしか見ていないのに、一度も憧れを抱かなかったと思うの？）

シャルロットは、隠すように拳を手でぎゅっと握る。

この世界で、将来結婚する人のことを愛したいと思うのは、普通ではなかった。

けれどシャルロットは、努力して歩み寄れば、心を通わせられるのではないかと信じてきた。

他の男性を見るのは裏切りの行為のように感じて、彼女はクラウディオだけを見てきた。

振り返りもしないその大人びた眼差しに、憧れた。

立派な王太子になろうとするその姿に、敬意を抱いて、妻というよき理解者として支えていけたらと理想を抱いた。

けれど所詮は政略結婚なのだと、年々一緒にいる時間さえ短くしていく彼の姿に、シャルロットは諦めのような気持ちが強まっていった。

そして突きつけられたのは、まさかの〝運命〟だ。

（運命は、変えられない――）

エリサが、彼に愛される恋の相手だった。

シャルロットはゲーム通りクラウディオに嫌われている。

（努力しただけで、何も、彼のためにならないことはしていないのに）

そう思うと切なかった。憧れとは別に、何かがとても胸を締めつけてきて、涙が出そうになって俯く。

「シャルロット嬢」

「は、はいっ」

国王の声に、下がっていた視線をはっと上げた。

「妃教育では、大勢の人間が君のために動いた。それは分かるね？　そうして君は最高の教育を受けた才女としても知られている」

「きょ、教育につきましても、大変申し訳なく思っています」

人々から才女と言われているが、クラウディオには話にならないと言わんばかりに相手にされていない。

そんな彼が別の女性と交際しているのが悪いのだが、これで婚約が白紙へとうまく進んでいくとしたら、それでいい。

シャルロットは全面的に非を認めて深く頭を下げる。

隣で佇んでいる父が「シャルロット……」と戸惑ったような声をもらした。

「よい、モルドワズ公爵。私の言い方が誤解させてしまったのかもしれない。シャルロット嬢、残念に思っているという話であって、君に責任を取ってもらおうなどとは考えていない。私もぜひ君に娘になってもらいたいと思っているのだが、私たちが勝手に決めてしまった婚約だからね」

「父上、シャルロットとの婚約は――」

クラウディオが素早く口を挟んだ。その声はピリピリとして低く、カッとしたような珍しい激情を含んでいるように感じて、シャルロットは反射的に身が竦む。

ハッとこちらを見た彼が、途端に口をつぐんだ。

父が隣で何やら溜息を細くもらす。

シャルロットは気付き、国王もなんだか父と似た表情を浮かべているのを見た。側近たちもハラハラした様子で注視しているように感じる。

（何かしら……？）

クラウディオの発言の直後から、場に漂うぎこちない空気を彼女は訝る。

だがその時、国王がやれやれと言った感じで軽く手を上げる。場の者たちと同じくシャルロットの意識も、そちらに向いた。

「シャルロット嬢、私は君を心配しているのだ。君は才女と呼ばれ、婚約を白紙に戻せば大勢のところから縁談が来るだろう」

シャルロットは小首を傾《かし》げる。王太子にも相手をされず、王家との婚約がだめになってしまった令嬢に縁談話なんてしばらく来ないだろう。

「初めて見る顔、話す相手が君に押し寄せる。それでも大丈夫なのかね？」

幼い頃、シャルロットはよく倒れていた。

それを知っているから国王は『本当に婚約をなくしてしまっていいのか』と、優しい最終確認をしてくれているのだろう。

王太子以外の誰かと、結婚する覚悟。

それを示せば、婚約は終わるのだ。シャルロットは高速で考え、彼が納得してくれる説明を捜す。

「じ、実は……アガレス・ユーフィ騎士隊長様をお慕いしております」

シャルロットは、咄嗟にそんな嘘《うそ》を吐いた。

王の間全体がざわめいた。

護衛騎士たちが、揃《そろ》ってある方向を見た。

そこにいたマントをつけた美しい騎士隊長が、まさか名指しされると思っていなかったと言わんばかりの顔で、口をパクパクしている。

（ごめんなさい騎士隊長様っ！　あなた様と会うのは今日で最後だと思いますので、今は許してください！）

――アガレス・ユーフィ。

王太子の護衛部隊の隊長を務める、三十代の攻略キャラだ。

他の男性との交流を避けてきたシャルロットの頭に、ぱっと浮かんだ顔は彼で、先程思い出した前世の記憶から名前も唯一ばっちりだった。

優しい顔立ちをした美しい騎士で、若い令嬢が大勢憧れていた。

自分もその一人だと言っても、疑われないだろうとシャルロットは考えた。

公爵令嬢なので、騎士とは結婚もできない。安心だ。

「か、叶わない恋を抱えて数年です、公爵令嬢として家が決めた相手のところに嫁ぐ覚悟はとっくにできておりますので、えーと……つまり、大丈夫、と言いますか……」

公開告白だ。

嘘とはいえ、みんなが凝視している視線に頬が赤らむ。

もちろん、シャルロットはアガレスに恋慕なんて抱いていない。

国王へ、つまるところ政略結婚する覚悟が決まっていることへの理由づけ。

それでいて同時に嫉妬して邪魔することもないと示して、クラウディオに安心してもらう作戦だった。

怖くて、当人の方は見られなかったけれど。

ただ、国王が、そして父がぽかんと口を開けているのは見えていた。

「わたくしたちの婚約は家同士で決められたものでした。両陛下には猶予を与えられてひとまず婚約者となったようなもの、でして」

お試しで、というのは公開されていることなのか分からず声が縮む。

「つ、つまりですね、あれから約十年が経ちましたし、殿下も〝わたくしと同じように〟他に慕っておられる方ができているかもしれません。それにわたくしなんかよりも、殿下には他に相応しい女性がいらっしゃるのではないでしょうか？」

あくまで、クラウディオの立場を悪くしないよう努めた。

まだ秘密の交際らしい彼とエリサのことも守りながら、現在のシャルロットとの婚約を考え直すよう促す。

「わたくし自身、王太子妃になれる力量があるかと問われれば不安がございます。秋の結婚式までまだ日がございますので、一度わたくしたちの婚約を白紙に戻して、殿下にはその間に相応しい別の女性を選んであげてくださいませ」

心臓がばくばくして、もう自分が何を言っているのか分からなくなりそうなくらい緊張したが、シャルロットは締めるべく頭を下げた。

「軽々しく外で、冷静を欠いてあんな発言をしてしまったくらいです。申し訳ございません。わたくしでは不十分です」

お断りする心意気で、彼女は深々と謝罪の礼を取った。

一瞬の沈黙が漂った直後に、場は騒然となった。

それはそうだろう。シャルロットが王太子妃候補を降りたいと申し出たのだ。

勇気を使い果たした彼女は、恐ろしくて周りを見られなかった。

騒がしさに眩暈《めまい》を覚え、今にも気絶しそうだと察した父が、慌ててシャルロットを支えて連れ出す。

王の間の騒ぎは、玉座の席も含まれていた。

クラウディオが去っていくシャルロットにくしゃりと目を細め、それから国王と王妃の止める手を強引に振り払った。アガレスへと向かった彼を慌てて護衛騎士たちが止めにかかる。

けれど父に支えられて退出させられたシャルロットは、それを見ていなかった。

◆◆◆

そのあと、父と共に真っすぐ公爵邸へと戻った。

出迎えた母に導かれてリビングへと入ると、話ができるよう侍女たちが速やかに紅茶を淹《い》れて部屋を閉めきった。

「どういうことか説明してくれるね？」

大きなソファに両親に挟まれて座ったシャルロットは、父に手を包み込まれ、愛情深く覗《のぞ》き込《こ》まれて涙腺が緩んだ。

「……今まで、待ってくださっていて、ありがとうございます」

「お前は心配になるくらい優等生だったからね」

父が抱き締めてくれた。

「よく考えたうえでのことだったのだろう。我慢強くて、これまでの勉強に弱音一つ吐くこともせず……お前に気持ちを打ち明けてもらえるのは嬉《うれ》しいよ。何かあるのなら、父も力になるから」

母も、隣からシャルロットの肩を撫《な》でてくれる。

ゲームで未来を知っているから――とは、言えない。

父は陛下の側近なので、波風を立てないように。それでいてクラウディオがエリサと仲を深めていっていることも伏せた状態で、シャルロットは彼が自分との結婚を望んでいないようなのだと両親に打ち明けた。

それからこれまでの、寂しい思いも正直に告白した。

身分に相応しい対応も必要かもしれないが、二人の関係はあまりに凍えきっていて改善の余地などなく感じた。

「私は普通の婚約者同士でよかったんです。少しだけその手を止めて、振り返って……どこにでもあるような婚約者としての短い雑談でも、交わしていただけたなら、とは思っていました」

もう、疲れ切ってしまったのだとシャルロットは父と母に語った。

それを聞き届けた父が、静かに、深々と息を吐いた。

「そうか……ずっと悩ませていたのか。すまないなシャルロット、はぁ……殿下には困ったものだな」

母が、手を額に押しつけてぐりぐりとこする夫を心配そうに見た。

「あなた、どうされます……？」

「ううむ……まぁシャルロットがそうまで言うのなら、ひとまず陛下とは話してみよう」

「お父様、ありがとうございますっ」

珍しくごにょごにょとした感じで語った父に、シャルロットはもう安泰だと言わんばかりに手を握った。

「婚約破棄のこと、どうぞよろしくお願いいたします」

途端、父が「ぐっ」と呻き、悩み込むような眉間の皺《しわ》が増した。

(これで、私たちの婚約は終わったわ)

シャルロットはそう信じて疑っていなかった。何せ国王に呼び出される事態になり、婚約を白紙に戻すことまで意見したのだ。

クラウディオも婚約には不満があったはずだから、今頃、婚約破棄を王宮で進めていることだろう。

あとは、婚約が解消されたという速報を待てばいい。

二章　連れ戻された婚約者

破局を考えた時は苦しかった胸も、これでとうとう終わってしまうんだと思ったら、翌日には軽くなってくれていた。

すでに婚約破棄へと、物事は動き出してしまったのだ。

(——取り返しはつかない)

翌日は、生真面目にも自分で謹慎を課して自宅でじっとして過ごした。

これで、よかったのだ。

言葉の重みも、行動の責任もシャルロットはよく分かっている。

(もう、私にできることは何もないから)

あとは、すべてを国王と父に任せて婚約解消の決定を待って、しばらくのんびり過ごしていようと思った。

けれど本を読んでいても、紅茶を飲んでいても指輪がふっと目に留まるたびに、この決意で痛めた胸の苦しさが戻ってくる。

本当はすぐにでも外してしまいたかったけれど、婚約指輪を外そうとしたら両親にどうしてか全力で止められた。

(彼女は……エリサ嬢だけは、殿下の本当の表情を知っているのね)

婚約指輪を見るたび彼の姿が思い出されて、胸がじくりと苦しくなった。

一度も、向けられなかった笑みも今は理解できた。

納得して、切なくなって、そしてやはり溜息がもれそうになる。

「資格がないのに着けているのも失礼だと思うの。やはり外し――」

「知らせがくるまでは絶対に、お外しになられませんように」

侍女が、髪を梳《す》きながらぴしゃりと言った。

「明日からは外出をされるのでしょう？　外すなんて言語道断ですわ。大変なことになります。約束がない令嬢に声をかける紳士に対応するのも苦労されますよ」

「……ふふ、私に声をかける人なんていないわ」

せいぜい今頃、王太子との婚約がだめになった令嬢だと噂されている頃だろう。

しばらく縁談は望めないだろうとはシャルロットも覚悟していた。

「ご友人様からお手紙が届きましたよ」

別の侍女が励ますような笑顔を浮かべて、封書を掲げながらやってきた。

「まぁ、嬉しいわ。そこに置いてちょうだい」

「かしこまりました」

「ですがお嬢様、あなた様ほど王太子妃に相応しい優秀な女性はいらっしゃいません。この美しさもそうですわ」

本日二回目の髪型で遊びながら、侍女が後ろからやけに食い下がってくる。

シャルロットは『王太子の婚約者』として髪型もあまり弄《いじ》らないようにしていた。淑女の基本のように背中に流しているだけだった。

もう、王太子の婚約者として気をつけなくてもいい。

侍女は指輪以外だったら協力すると言って、気分を髪型で楽しませてくれていた。

「ありがとう。いいのよ、お世辞はいらないわ。私が王太子妃なんてそもそも無理な話だったのよ」

二人の婚約は早すぎたのだ。シャルロットはそう思う。

様子をうかがっていた使用人たちが一斉に「お世辞ではないです」とツッコミを入れていたが、彼女の耳には届いていなかった。

(あとは知らせがくれば、この婚約指輪も外せる――)

つい、また婚約指輪をじっと見ていた。

約十年、想いが届かなかった日々が呆気《あっけ》なく散っていくのを感じた。

婚約者として王宮へ定期的に顔を見せに行く必要もなくなった。

しばらく社交も休みとなると、解放感溢《あふ》れる自由な毎日がシャルロットの目の前に開けた。

余暇を楽しむことに決めていた彼女は、自宅の庭の花をじっくりと愛《め》で、父の書斎の本を読破する目標を立てて趣味の読書にも時間を注いだ。

そして引きこもった翌日からは、令嬢友達と会うため外出も再開した。

令嬢友達の急な誘いにも難なく乗れるようになったのだ。だからこの日はお茶、この日はカフェのケーキ、この日は日傘を差して公園の花たちを見て心癒《いや》され——と、フリーならではの立場を楽しんだ。

もう実質、王太子の婚約者ではなくなった。

その肩書きが外れたことによって、外でも気を張らず過ごせた。

「二人が婚約破棄をしそうという噂は、本当なのか？」

王の間での話は、たった数日で知れ渡ったようだ。友人と外を歩いていると、姿を見かけた貴族たちが交わしていく会話が耳に入った。

「信じられないよな……あのシャルロット公爵令嬢だぞ？　殿下もどうされたんだろうな」

「本当に婚約を解消されてしまうのだろうか？」

（解消するのよ）

シャルロットは心の中で確定事項だと答えた。

とはいえ、早いことにあれから二週間が過ぎようとしていたが、いまだ父から知らせがないままだった。

いまだ正式に発表されていないせいで、みんなどっちなのか分からないのだ。

（この婚約指輪も、戸惑わせている原因になっているのよね……）

「婚約破棄、ねぇ……」

友人たちが、気づいて紳士たちの方を横目に見た。

「みんな噂されていますけど、想像がつかないのですわよね」

「そうよねぇ、妃教育もすべて終えたものねぇ」

それを思うとシャルロットも心苦しい。

（昨年エリサ嬢と出会って決めていたのなら……あの時に、婚約の解消を口にしてくれたらよかったのに）

妃教育後半でもっとも確認されたのは、夜伽《よとぎ》の作法、閨《ねや》のこと――。

意味のない教育だった。勉強したことは自分を裏切らないのでシャルロットは納得しつつも、指導してくれた多くの講師たちの努力を思えば申し訳なかった。

「ところでシャルロット、週末のダビアン家のパーティーには出席してはだめよ？」

婚約のことが宙ぶらりんだというのに、彼女たちは『どうなの』とシャルロットを急《せ》かすようにして尋ねなかった。

王室の方で進められている話だから、決定権がないのを分かってのことだろう。

話を切り替えるみたいにそんな話題を振ってきた。

「あまり華やかなパーティーには興味もないけど……どうして？」

「あそこは婚約者が欲しい若い殿方ばかりだもの」

「それがどうしてだめなの？」

「ああ、ぽやぽやしてほんと心配になるわっ」

突然抱き締められて、シャルロットは「むぐ」と友人の大きな胸の谷間で苦しい呻きをもらした。

「大丈夫よシャルロット、私たちが守るからね！」

「え、えっ？　どういうことなの」

「さっ、今日は芸術館を楽しみましょうね！　あなた優等生だものね、ああいう場所の方が楽しめるでしょう？」

みんながシャルロットの腕を引っ張る。

芸術館では素晴らしい歴史の品々と解説に触れられて、確かに楽しかった。けれど清々《すがすが》しい気持ちで外に出た時、やはり一抹の後ろめたさに襲われた。

予想外に長い余暇になってしまっている。

令嬢としては、次の婚約者を見つけないと両親を困らせてしまうだろう。

王太子との婚約が白紙になってしまった。だからシャルロットは、自分で責任を持ってしっかり嫁ぎ先も探していくつもりでいた。

◆◆◆

「いつになったら『婚約破棄しました』と答えてもいいのですか？」

「ごほっ」

夕食の席で、父が口からチキンを噴き飛ばした。

三週間目もまだ何も知らせがなかったので、シャルロットは催促するようで悪いなと思いながら父に確認したのだ。

「いや、今は、まだ……」

母が困ったように見ている中、父が執事の差し出したナプキンで口元を拭いながら視線を激しく泳がせてそう言った。

「あー……ところで、結婚前には不安になるというだろう」

話をそらすみたいに父が素早く言って、再びチキン料理へ取りかかる。

「しばらくはゆっくり過ごしていたし、シャルロットはそれで本当にいいのかい？　気持ちが変わったりは――」

「していません。それで、いつ頃に婚約の解消は確実になりそうですか？　婚姻活動もしなくてはいけませんから」

その時、父が口に入れようとしていたチキンに、今度はくしゃみでもしたみたいに息を噴きかけて母の皿に飛ばしていた。

「大丈夫ですか？」

「だ、大丈夫だ、気にしないでくれ……それでなんだって？」

「ですから婚姻活動です」

テーブルについた父の腕が、ずべっと滑った。母が隣から支える。

「そ、そう急がずともだな――」

「大事なことでしょう？　王家との婚約がだめになってしまった令嬢ですし、選ばれていくのは美男美女ばかりですから、そこで言えば私は勝ち目がありません。売れ残ります。ですから、早めに次の相手を探しませんと」

「お嬢様が売れ残るのはありえないかと……」

執事が呟《つぶや》き、侍女たちも頷いている。シャルロットはそれこそありえないと首を振り、もう三週間じっとしているので後ろめたいのだと打ち明けた。

「わたくしたちの子は、本当になんて優等生なのかしら……真面目すぎるくらいね……あなた、どうされますの？」

妻に弱った視線を向けられて、父が大きく溜息を吐いた。

「はぁ……ここは、ジュリアスを呼ぶか……」

「まぁ、お兄様をお呼びするのですか？　子育てでも忙しいですのに、マーガリーお義姉様にも悪いですわ」

ジュリアスは、シャルロットの兄でモルドワズ公爵家の跡取りだ。

大きな領地の半分を見てくれている。今は大都会アベーニの第二公爵邸で、妻となった幼馴染《おさななじみ》のマーガリーと暮らしていた。

生まれた長男が、ようやく三歳になったばかりだ。

次の出産も夏に控えているのでマーガリーに無理はさせられない。

（噂がそちらまで流れて、心配していないといいのだけれど……）

今の状態で手紙を出して、義姉とお腹《なか》の子に何かあっては大変だ。

何か進展があれば手紙を出す予定ではいた。そのためにも早めにできそうなことがしたいのだと、シャルロットは父にお願いした。

また待たされてしまうかもしれない。それなら、その間にでも自分で動いてみようかと真面目なシャルロットは考えた。

だが、そんな行動はお見通しのように父から昼間に呼び出された。

「ヴィスター城での夜会、ですか……？」

「う、うむ。その、お前も十八歳になっただろう。成人したレディなら参加できる。お前も、ここしばらくはパーティーにもずっと出席していなかったから、そろそろ気晴らしがしたいだろう」

時間と金を多く持った貴族の楽しみ。

しかしシャルロットは、他の令嬢たちみたいに、苦しいくらいコルセットを締めて足の先まできらきらと飾るのは苦手だった。

それでいて、ヴィスター城の〝特殊な夜会〟だ。

シャルロットも『大人のための遊ぶ場だ』と話には聞いて存在は知っていた。

それは月に一回、ヴィスター城で行われている仮面をつけての夜会だ。

仮面で顔を隠し、貴族たちが身分も立場も気にせず楽しむ場。

聞いた話によるとハメを外してその夜限りの遊びだったり、政略結婚で満たされなかった恋だったりを求める者もいるとか――。

「はぁ。私は成人しましたが、そのような場には興味がありません」

ご存じでしょうと首を捻《ひね》ってそう確認すると、父は「う、うむ」「そうだが」と珍しく言葉を詰まらせながら言う。

「お父様？」

「その、あれだ。お前が先日言っていた縁談探しのことだ。素性を明かさない場だからこそ、今の状況での縁談探しにもいいところだと思ってな。今週末のチケットを取り寄せてみたんだ」

「まぁ、私のために？」

差し出された上等な黒い封筒に驚きつつ、受け取る。

中を確認してみると入場チケットが入っていた。人気なので、数日前のチケットは値が上がるうえ購入もしにくいと聞く。

（伝手《つて》を使って、わざわざ取り寄せてくださったのかも……）

婚約破棄が受理されて行政で手続き中なので、早めに良縁候補を探しておきたいと父も考えを改めたのだろうか。

次の縁談探しに動いていきたいと要望したのは、シャルロットだ。

今の状況でも動ける方法を探してくれた父には感謝しかない。

「それなら……」

成人しても自分が行くことはないだろうと思っていた場所だったが、シャルロットはその夜会に出席すると返事をした。

◆◆◆

数日を経て、週末の夜会当日を迎えた。

夕暮れに軽く食事をしたあと、シャルロットは侍女たちに身支度を整えられた。

湯浴《ゆあ》みをして肌も磨かれたのち、夜会に相応しい煌《きら》びやかなドレスや装身具で大人の女性の装いに仕上げられていく。

「少し派手ではないかしら？」

大胆にも肩の周囲を出す大人の衣装だ。スカート部分は腰から尻のラインを綺麗《きれい》に見せている。深く濃い印象の紺色をしていて、生地は明かりできらきらと反射する素材になって歩くと存在感もあった。

「そのために髪を下ろす髪型にしていますから」

「でも正面からだと、こう、肌の露出感が……」

「お嬢様はせっかく美しい肌をしてらっしゃるのに、あまりに隠すデザインを好みすぎなのですわ」

シャルロットの濃い赤茶色の髪は、流行《はや》りのラメを絡めるように少しウェーブが入れられてまとまっていた。

社交界で派手な美貌をした美しい令嬢たちがしているのは見たが、それを自分がするなんて信じられないことでもある。

似合っているかどうかも心配になったが、仕上がりを見て両親は褒めた。

「まぁっ、よく似合うわシャルロット！　こういう髪型も素敵ね。きっと仮面をつけたらもっと輝くわよ」

「ドレスもとても素敵だよ。今夜は楽しんでおいで」

不安になるのも緊張のせいだろうと思って、シャルロットは頷く。

大人のレディしか参加ができない特殊な夜会とあって、これから向かうことにも心臓がどきどきしている。

お酒はほどほどに、とはみんなに言われた。

社交デビューから認められていることだったが、食事にもワインをつけないくらいに強くはなかった。

気をつけると答えたのち、シャルロットは馬車に乗り込んで出発した。

それからほどなく、目的地に到着した。

シャルロットは白い羽があしらわれた仮面をつけて、どきどきしながらヴィスター城の正面入り口から会場内へと上がったのだが、

（わ、ぁ……すごいわ）

一瞬にして、会場内の空気に圧倒されてしまった。

チケットを渡して中へと入ってみると、強い光に包まれた大広間には大勢の男女の姿が溢れていた。

みんな様々な美しい仮面を目元につけていた。シャンデリアに負けないくらいの煌びやかさで、女性たちのドレスの先まできらきらしている。

溢れる笑い声、話し声、それは熱気となって会場内に響いていた。

二階には、厚地の黒いカーテンが設けられた個室の立ち見席まで備わっている。

女性同士、それから気の合った男女が、腰を落ち着けて話すためカーテンの中へと消えていく姿も見えた。

（い、異性と二人きりになってもいいのね）

そこにもシャルロットは驚かされた。

「初めてですか？」

会場に入って数歩、紫の仮面をつけた紳士に声をかけられて心臓がぎゅっと縮こまった。

名前と顔を隠してはいるものの緊張が倍増した。

「は、はいっ、あの、わたくし、初めてで」

王太子の婚約者として出席していた時は、声なんてかけられることはなかったから動揺もあった。

そもそも、シャルロットはこんな華やかな場は苦手だった。

話題もまったく浮かばなくて、言葉を数回往復させただけで言い訳を並べて逃げてしまった。けれど避難所のごとくドリンクコーナーに向かう間も声をかけられて、内心パニックになる。

間もなく、ようやくの思いでドリンクコーナーのテーブルに辿《たど》り着《つ》いた。

お酒がないと、やっていられそうにない。

シャルロットは迷わずカクテルをお願いした。

「ああ、甘くて美味《おい》しい」

こくりと飲むと、緊張が喉からじんわりと和らいでいくのを感じた。冷たくなっていた指先に熱が戻っていく。

甘いものは美味しいけれど、ほどほどにしよう。

こんなところで酔って迷惑をかけてしまったら、大変だ。

(それにしても驚いたわ……みんな、よく声をかけてくるのね)

カクテルグラスを片手に大人の夜会の光景を感心して眺め歩いている間も、やはりひっきりなしに紳士が声をかけてきた。

「それではよい夜を」

「はい、あなた様もよい夜を」

「初めてましてレディ、今日は踊られるのですか？」

「いいえ、わたくしは踊りが少し苦手で……」

ダンスというより、踊っている間に話し続けられる自信もなくてそういうことにしておく。

「そうですか。夜の美しい蝶《ちょう》であるあなたをお誘いしたかったのですが、しつこいと嫌われてしまいますから、またにしましょう」

「あなたの〝蝶〟なら、向こうで順番待ちされていますよ。失礼レディ、またいらっしゃるご予定はございますか？　その際にはぜひとも私と踊っていただきたいのですが」

「あなたは約束している人がいるだろう。レディ、僕と少しお話ししませんか？」

名前を伏せることによって、純粋に会話を楽しめるためだろう。

次から次へと声をかけられたシャルロットは、よほど交流が好きな者たちが集まっているのかもしれないと思った。

対応に困ってしまう際、ついグラスに口をつけるのでカクテルも進んだ。

一杯目が空になってしまってまずいと思った時、気づけば演奏も始まっていて、ようやく話す相手が途切れた。

向こうでダンスが始まったようだ。シャルロットは安堵《あんど》した。

「もう一杯いただこうかしら……」

早々に気疲れ感がすごかった。このまま帰りたい気持ちがあるものの、名前を交換する相手も見つけていない。

シャルロットも、努力しようと思ってここには来た。

少し休んで、それからもうしばらく頑張ってみようか。

（色々主張してくるばかりではなく、ひと息吐くようなやりとりができると嬉しいのだけれど……）

少し期待していたので、正直なところ残念感も込み上げてはいた。

とにかく、父がチケットを買ってくれて、せっかくみんなで着飾ってくれたのだ。

お酒の力でもう少し頑張ってみようと思って、ドリンクコーナーの方へ身体を向けた。

だが直後、誰かの胸板にぶつかってしまった。

「ご、ごめんなさいっ」

「いや、大丈夫だ。グラスの中をこぼしてしまわなかったか？」

慌てふためくシャルロットの片手を、相手が優しく握ってよろけないよう支えてくれた。

「い、いいえ、すでに飲み終わっておりましたから……」

かなり背の高い男性だった。覗き込む彼の金の髪が、目元の青い羽根が飾られた仮面にかかっている。

彼は、この場では珍しい主張しないタイプの香水をつけていた。

深い紺色の紳士衣装に襟の高いマントコートを着ていて、黒い手袋もよく似合う。

(とても、美しい人だわ……)

シャルロットはそこに驚いてしまった。

仮面をしていても隠しきれないものみたいだ。見下ろす彼の口元や顎も形が綺麗で、一瞬で引きつけて目を離せなくした。

唇がこれまでの男性と違って知的で、同時に色っぽいのだ。

そう意識したことを自覚して、彼女は慌ててそこから視線をそらす。

「緊張してる?」

「えっ?」

ぱっと視線を戻したら、彼が空になったカクテルグラスを指差している。

「え、ええ、その、実を言うとお察しの通り、緊張してしまって」

「誰か連れは?」

じっと見つめられ、シャルロットは穏やかな問いかけに素直に首を横に振った。

「それなら一緒に取りに行こうか?」

彼が、綺麗な指をドリンクコーナーの方へと向けた。

それは今のシャルロットが欲しかった言葉でもあった。一緒にいれば、声をかけられるのも避けられるだろう。

有難く思って提案を受け入れると、彼はさりげなく人混み避けもしてくれた。

シャルロットはその紳士的な振る舞いにどきどきしてしまった。

少し前を歩く彼の形のいい肩のラインを眺めている間に、あっという間にドリンクコーナーへ辿り着いていた。

「これとはまた違う、甘いものを」

彼がシャルロットの空のグラスを取り、慣れたように係の者に注文して、新しいものをもらう。

「さあ、どうぞ」

「あ、ありがとうございます」

有難く受け取ったシャルロットは、見つめられている緊張から、カクテルをさっと口にした。

それはとても美味しかった。お酒が苦手なシャルロットでも、するすると飲めてしまうものだ。これまでで一番好きな〝甘いお酒〟かもしれない。

「飲み慣れていないのなら、そんなペースで飲むものじゃないな」

どこか楽しげに指摘されて恥ずかしくなった。

彼は止める気はないようで、自分の分は注文せず、テーブルへ腰を寄りかからせてシャルロットを眺めていた。

「あ、あの、分かって、しまいますか」

「ここにいる人間はそれだけたくさんの人間を見てきた者たちばかりだ。俺を含めてね」

「皆さん、社交に長《た》けていらっしゃるのですね」

「社交というか――」

彼が、少し考えるような間を置いた。

「それから、忠告もしておこう」

「忠告、ですか？」

「ここにくるのは出会いを求めている者がほとんどだ。真面目な縁談探しが一割、残りはすべて遊びだと思っていた方がいい。だから君のような人が、このようなところに来ることには正直驚いた」

言いながら、彼の手が伸びてきた。

「いったい、どうしてここへ？」

気のせいか、少し声が低さをまとったように聞こえた。

けれどその美しい指の動きを見つめていたシャルロットは、自分の赤茶色の髪に触れるのが見えてどきっとした。

「あ、あのっ」

「こういうのは嫌かな？」

彼の指が、シャルロットの髪を指に絡める。妙な色気を感じて鼓動が速まった。

「い、嫌というか、その、驚いてしまって……殿方が、女性の髪に急に触るのは……」

「社交界ではマナー違反だ。だが、ここでは恋人のように振る舞うことだって許される。それを承知で君は来たのかな？」

髪から手を離しながら、目を覗き込まれた。

「それは……知りませんでした。合意があれば、とは聞いて知っています」

シャルロットは、ふと、彼の仮面の目元から見えた目が少し悲しそうになったことに気づく。

「『合意』、ね。そもそも知っているかな、仮面をしていても誰が誰だかよく分かるものだ。こういう場では、分からないふりをして接するのが作法だからな」

「えっ？　私は全然分からなかったのですが、それなのに声をかけてくるのですね」

彼が頭を起こしてしまい、シャルロットは教えられた内容に素直に驚きを見せた。

「みな、チャンスを期待しているんだ」

彼の手が、脇でゆっくり拳を握ったのがシャルロットは気になった。視線に気づいたのか、彼が拳を解いて優雅な手振りを交え、続ける。

「それで？　君も少なからずこの場所のことは知っていたはずだが、それでも酒を入れてまで頑張っている理由は、何かな？」

そういえば、どうしてここへ来たのかと尋ねられていたのだ。

シャルロットに、彼も自分の正体を分かっている可能性が浮かんだ。躊躇《ためら》った末に親切な彼にこっそり教える。

「実は……あなた様がおっしゃった一割です、私はここに新しい縁談の可能性を探しに来ました」

彼がまた間を置いた。先程よりも、長く考えているみたいだった。

「君は、婚約中のはずだが」

彼の声は少し低い。少し顔が下がっているせいだろうか。

どこかを見ているみたいだ。シャルロットは彼の視線の先を捜し、グラスを持っている自分の左手の、薬指の婚約指輪が目に留まった。

「いえ、婚約はなくなってしまったのです。すぐ外したかったのですけれど、ちゃんとした知らせを待てと言われてしまって」

「外す？　君は、〝王宮から帰ったその日に〟外そうとしたのか？」

王の間で話があったことを、どうして彼は知っているのだろう。

「はい、もう私には必要のないものですから。私は、私でもいいと言って結婚してくださる誰かを探しに――」

その時、手を摑《つか》まれ、腰に腕が回って彼の方へ引き寄せられた。よろけて男性の硬い胸板にぼすんっと身体が寄りかかってしまう。

「彼女のグラスを頼む。酔ってしまったようだ」

いつの間に取り上げたのか、彼はシャルロットのグラスを係の者へ渡した。

酔ってなんかいない。彼にぶつかったのは、引っ張られたせいだ。

そう思って戸惑っている間にも、シャルロットは彼のマントに隠されるように肩を抱かれ、人混みを足早に連れられた。

壁沿いに並んだカーテンの一つを、彼がめくって中へと入れた。

「えっ」

背中がバルコニーへ続くガラス扉にとんっとあたった瞬間には、シャルロットは彼の手で仮面をはぎ取られていた。

驚いている間にも、彼の金髪が目の前にぐっと迫って――。

次の瞬間、シャルロットは口を柔らかな何かに塞がれていた。

仮面をつけた美しい男の唇が、自分のそこに触れているのだと時間をかけてようやく理解した。

（男性の唇って、こんなにも柔らかいのね――）

突然のことで茫然《ぼうぜん》としていると、ついばまれて驚いた。

突っぱねようとしたら、彼の身体が押しつけられて、ガラス扉との間に挟まれた。

「んっ、ん……っ」

唇に吸いつかれ、艶っぽく吸い立てられる。

それはシャルロットには初めての経験だった。前世で想像していた以上に、甘ったるい気持ちが全身に広がる。

（どう、しよう。キスって気持ちいいのかもしれない……）

そんなことを思った時、ぬるりと唇を舐《な》められた。

ぞくりと背筋が甘く震える感覚がして、怖くなると同時に、はっと理性が戻って彼を両手で押し顔を離させた。

「あ、あのっ、婚約者ではないのに唇を重ねてはだめです」

「なら、婚約者相手にならいいんだな？」

「そ、それは、まぁ、結婚する相手にだったら……」

そう恥ずかしく思いながら答えたら、彼がシャルロットの顎をつまんだ。

顔を上げさせられた拍子に、あっさり口を開かれる。彼が舌を出して再び顔を近づけてきた。

（えっ、嘘、まさか）

そう思った時には、シャルロットの舌へ、彼の舌が押しつけられていた。

触れ合わされた瞬間に、甘い痺《しび》れがシャルロットの背筋を走り抜けた。

びっくりして引っ込めようとしたら、そのまま彼がくちゅりと唾液の音を立てて舌同士が触れていた。

「ふぇっ？　あっ……！」

生々しい熱に羞恥で顔が熱くなった時、続いて絡めて引きずり出された。

「ンぅ⁉　ン、ん……っ」

彼はあろうことか、誰も触れたことがないシャルロットの口の中へ舌をねじ込んで、中を探ってきた。

その肉厚な感触に驚くものの、口を開かせた時のように乱暴さはなかった。

彼女がまだ知らない快感へと導いて、教えてくれるみたいに、優しい。

初めてのシャルロットは不快感を覚えず、戸惑う。むしろされていると脳芯が甘く痺れて、もっとしていたくなる。

「んっ……ん……ひんっ」

舌の奥を吸われ、身体から力が抜けた。

自分でも驚くほど快感が込み上げて、男のキスに翻弄される。崩れ落ちそうになって彼のマントコートを摑むと抱き寄せられ、さらにキスされた。

（これが、大人のキス……）

黒いカーテンの陰でされているその秘密の行為は、外のバルコニーからは丸見えだろう。もし誰かがそこを通ったら、と思うのに自分からやめられそうになかった。

息が苦しくなった頃、息継ぎをさせるみたいにようやく唇が離れた。

「はぁっ……は……」

まだ身体に力が入らなくて、目の前の男の服を掴んだままでいた。

熱に潤んだ目で見上げるものの、舌が痺れてすぐに言葉が出ない。

(どうして、こんな……)

すると、彼がシャルロットの火照った頬を撫でた。

「婚約者であれば、君は抱かれてもいいと思っていると取っても?」

シャルロットは真っ赤になる。今のキスは恋人が触れ合うようなものとは違っていて、質問の意味が羞恥をがつんと揺らしてきた。

「そ、そういう質問は、出会ってすぐの人にするべきではありませんわ」

「答えて。あるとは知っている?」

「しっ……てはいます」

子供ではないのだから知ってはいる。おおっぴらにはされていないが、結婚前に関係を結ぶのもあるとは聞いていていた。

でもここは、一夜限りの夢を見て楽しんでもいい場所だ。

あんなキスをされたのにシャルロットの胸はどきどきするばかりで、とにかく、離れなくてはと思った。

「ご、ごめんなさい。結婚のお約束を口頭でしたとしても、ここがどういう場所なのか分かっているのであなたとは、その、一夜は過ごせません」

シャルロットはカーテンの後ろから逃げ出そうとした。

だが、彼の身体を両手で押し返して抜け出した途端、足元がよろけた。彼が大きな腕を伸ばして身体を支えてくれる。

「あっ、ご、ごめんなさい。ありがとう……」

カクテルを飲みすぎたせいだと察して赤面する。それから、女性の自分とは違うたくましい男性の腕に、初心な乙女心がどきどきと音を立てていた。

だが次の瞬間、彼の言葉に体温がすぅっと引く。

「強くないのに飲むからだ。君は俺と出席した時には、一滴も飲まなかった」

出席、つまり同伴だと理解してビクッとした。

「てっきり務めを意識してのことかと思ったが、弱いからだとは見ていて察した。あえて止めなかったのは、都合がよかったからだ」

まさか、そんなとシャルロットは頭に浮かんだ相手の正体を打ち消そうとする。

だって話しやすくて、優しいだなんて結びつかない人で——。

「まだ、気づかないのか？」

相手が苛立《いらだ》った様子で、自分の仮面を乱暴に外した。

「あっ！」

思わず、大きな声が出てしまった。

その美しい顔は、王太子のクラウディオだった。仮面と共に金髪のカツラも取れて、彼が持つ珍しい銀髪がさらりと姿を現す。

「な、なぜ、殿下が」

すると、その不機嫌そうな美しい表情が一層顰《しか》められる。

「俺が足を運べる場所は限られている。君と違って、な」

冷たく見下ろされ、シャルロットは震えた。

彼は、シャルロットが来ると分かって足を運んだみたいだ。どこから情報がもれたのだろう。

（それに、どうしてここに来たの？）

困惑していると、クラウディオが彼女の手を持ち上げ、婚約指輪に軽く唇を触れさせた。

「君には、この夜を俺と過ごしてもらう」

それがどういう意味なのか分かって、シャルロットは動揺した。

クラウディオは逃がさないと言うように強く見据え、強張《こわば》った彼女を抱く腕にぎゅっと力を入れる。

「予定より約数ヶ月早いが――夜伽の相手としては認められている。君は、未来の俺の妻だ」

自分は、もう婚約者ではないはずだ。

シャルロットはそう言おうとしたが、クラウディオがカツラと仮面をつけ直して後ろへ声をかけるなり、騎士が現れた。

「どうぞ、おつけください」

落ちていたシャルロットの仮面を差し出してきた。

いつからそこに待機していたのか。キスの声を聞かれてしまったのか。

恥じらいと戸惑いに悩まされながら仮面をつけると、クラウディオがカーテンをめくってしまった。

そこには、会場から目隠しするように護衛騎士たちが立っていた。

「休憩室へ行く」

クラウディオがシャルロットを連れると、彼らが取り囲んだ。

そのまま会場横の扉から速やかに出た。薄暗くて狭い廊下が伸びていて、護衛騎士が視界が悪いでしょうからと言って二人の仮面を預かった。

「あ、あのっ、ここは……？」

「この夜会に出席している常連の知る、専用の宿泊部屋がある場所だ」

言われた通り、間もなく個室の扉が並ぶ通路へと出た。

会場側の喧騒《けんそう》もだいぶ遠のいて静かなせいで、シャルロットは通り過ぎる際に、扉の内側から鈍い男女の声と物音を聞いた。

――行為を、している音だ。

驚きのあまりクラウディオに身を寄せた。酒が回ってほぼ支えられている状態ではあったので、ぎゅっと押しつける形になってしまった。彼が安心させるようにシャルロットの手を握ったのは意外だった。

この夜会が〝貴族たちの遊び場〟になっているのは確かなようだ。

やがて狭い階段を上がることになった。尖塔《せんとう》へと続くような螺旋《らせん》階段だ。

それを二階分ほど歩いた頃、綺麗な身なりをした男性使用人が、開いた扉の前でランプの明かりを持って待っている姿があった。

「お待ちしておりました。一等部屋のご用意はできております」

「よろしい。下がれ」

クラウディオが、シャルロットの肩を抱いたまま入室する。扉が閉められて、護衛騎士たちの姿はその向こうに消えた。

そこは古風で美しい寝室だった。奥ゆかしい調度品の美しさが、淡い明かりに照らし出されている。

だが鑑賞に耽《ふけ》る余裕はなく、クラウディオがシャルロットを抱き上げた。

「あ、あのっ」

「しない、という選択肢はない」

個室で二人きりになって緊張を覚えた矢先だというのに、彼が移動し、ダブルベッドの上にシャルロットを横たえた。

アルコールでくわんっと頭が回って、起き上がることもできなかった。

彼がマントコートを脱ぎ捨ててまたがった。ジャケットもベッドの脇に放り、彼女のドレスの留め具を外し始める。

「で、殿下っ、こんなことといけません。私たちの婚約をせっかく白紙にできるのに――」

慌てて振った手は、あっさり頭の左右にねじ伏せられた。

「白紙にするつもりはない」

彼の顔が迫って唇を奪われた。

口づけはやや強引だった。柔らかなものが差し込まれ、唇を割り開いて舌が押し込まれたが、やはり不快感がなかった。

「んう、ふぁ……っ」

キスは、気持ちよかった。彼はシャルロットの反応を探りながら、敏感な部分をくすぐってくる。

前世の記憶を思い出す前、結婚したらするかもしれないと想像していた彼とのキス。もっと強引で気遣いがないものを思い浮かべていたのに、全然違った。

それは怖いくらいによかった。いけないとは分かっていても口が開き、彼の舌を受け入れてしまう。

（だめ、だめ……）

キスをしながら、彼の手がドレスを乱していく。

頭の中で何度も言ってみるが、身体をまさぐる手に甘酸っぱい気持ちが身体の奥から込み上げて、本気で突っぱねることもできない。

アルコールでふわふわとした感覚、それに加えて気持ちいいキスの組み合わせは最強だった。身体の緊張まで蕩《とろ》かされていく感じがした。

「んんぅっ」

コルセットごと外され、肌着越しに乳房を包み込まれた。

すると続いてクラウディオは、シャルロットの首筋に吸いついてきた。

「あっ、あ……っ」

首を舐められながら胸を上下に揺らされ、淫らな気持ちが下腹部からぐぅっと込み上げてきた。

「初心なのに、君は男を惑わせる才もあるようだ」

「そ、そんなの、ありません、あっ」

「今自分がどんな顔をしているのか分かっていないんだ。ここも、欲しがって俺にあててくるぞ」

唐突に彼に腰を押しつけられて驚く。

その時になってシャルロットは、クラウディオがいつの間にか自分の足の間に身体を押し込んでいることに気づいた。

彼のズボンは、男性の興奮を示して中で膨らんできていることを教えていた。

それから自分の足は開き、その腰を彼の身体にあてようと揺れていた。

「……あっ」

令嬢教育でも教えられたその中心部が、強く疼《うず》いているのだ。

シャルロットは今になって『あてててくるぞ』と言った彼の言葉の意味を知り、かぁっと顔を赤らめた。

(でも、そんな、どうしよう)

そこは、シャルロットがこれまで感じたことがないほど熱く疼いていた。

恥ずかしいから止めてしまいたいのに、揉《も》まれる胸に反応して、ひくんっと腰が浮いては男の腰にこすりつけている。

「わ、私、こんな……っ」

「大丈夫だ。アルコールが回っているせいだろう」

頭に、柔らかな何かを押しつけられた。

屈《かが》められた彼の身体、頭から離れていった彼の顔――クラウディオが、シャルロットの頭にキスをしたのだ。

そう理解するのに間が開いてしまったのは、彼のイメージになかったからだ。

「君はかなり酒に弱いらしいな。それなら一度イッて、少し楽になるか」

「えっ？」

唐突に、彼のズボンの膨らみがぎゅっと押し当てられた。

胸の愛撫《あいぶ》が強まると同時に、彼の下半身が動かされて疼く中心部を上下にこすりつけられる。

「だ、だめです殿下っ、あ……！」

ぞくぞくとした快感が、身体の中心から起こった。

こすられるごとに中の熱が増した。切ない感じが強まり、ドレスの厚みに負けないくらいの力で、もっと強くこすりつけて欲しいと思ってしまう。

「あぁっ、あ、殿下っ」

シャルロットは身をくねらせるのを止められない自分に戸惑った。

彼の苦しいような声が首のあたりからした。

「君はっ――敏感すぎるだろう」

彼が胸を握り、さらに身体を強く揺らしながら噛《か》みつくみたいに肌へ吸いついた。

「ぁぅ、ああ、ごめんなさい……ン、いやらしい、ですよね」

甘ったるい声をもらす自分の唇を噛んだ。

するとクラウディオがはっとして、親指でシャルロットの口をこじ開けた。

「傷になる、噛むな」

戸惑い見つめ返したシャルロットは、その言葉に胸がきゅんっとした。

「言い方がまずかった。男は、――そういうものは嬉しいものだ」

「うれ、しい……？　嫌に思われたり、本当にしていませんか？」

「嫌に思うものか」

こちらを見据えている彼の青い目には、確かに不快感はなさそうだった。それどころか劣情の熱を見て彼女はどきどきしてきた。

こんなに真っすぐ彼と目を合わせているのは、初めてだった。

「ごちゃごちゃと考えなくていい。アルコールできついのだろう。それなら、今はまずイくといい」

彼が唇を重ねてきた。口を開けていろと言わんばかりの優しいキスだった。

噛ませないようにだろうと察した途端、シャルロットはきゅんとした。

彼の腰が上下に動いてこすられる。胸の愛撫も再開されて、一気に官能へと引きずり込まれた。

(あっ、あ、だめ)

クラウディオにされてしまうなんて、だめだ。

けれど腰を逃がそうにも、上から彼が押しつけているので無理だった。

ひくひくっと疼く感覚が強まる。こすれるズボンの固い縫い目の部分が引《ひ》っ掻《か》いていく感触も快感になる。

快楽が大きな波となって、徐々に押し寄せてくるのが分かった。

離してと訴えて、キスを続ける彼のシャツの背を引っ張る。

「シャルロットっ」

彼に名前を呼ばれた瞬間、胸に熱く込み上げるものがあった。

手から力が抜ける。クラウディオが途端にシャルロットのドレスを引きずり下ろし、直に乳房を触った。

「んんっ、ン……ふぁっ……あ、んぅ」

羞恥で肌がもっと敏感になっている。

直接乳首をこりこりと刺激されるのも、気持ちがいい。

「んんぅっ」

ドレスに手を差し込まれて、肌の上も探られる。衣服を腰まで下げられて下腹部まで彼は撫でてきた。

びくびくっと身体がはねたら、不意に尻を摑んで持ち上げられた。

彼が膝立ちをしてシャルロットの足のつけ根を自分の腰に強く押しつけ、先程よりも強くこする。

(だめ、だめ、こんなことといけないのに――……)

起こるはずがないと思っていた、まさに夜伽だ。

しかも本来はシャルロットが〝奉仕〟すべきなのに、クラウディオがわざわざ導いて快感を高めてくれている。

心を通わせたいと、前世の記憶を思い出すまで願っていた、相手。

シャルロットはだめな状況なのに、嬉しくなってしまっている自分を感じた。

(この、くらくらするような快感のせい？)

押しつけ合っている布が、湿る感触があった。

くちゃ、ちゅく、と聞こえるのはキスだけではない。じゅっと濡《ぬ》れる感覚と共に疼きが強烈になって、中心部が熱く収縮を繰り返すのをシャルロットは感じた。

「んんっ、んっ――んんぅ！」

気持ちよさが頂点に届いて、奥で弾けるような感覚があった。

たまらずキスが止まってしまうと、クラウディオは『噛むな』というように唇を強く押しつけ、腰を密着させて止まる。

(ああ……私……イッてしまったんだわ)

圧迫感の中、自分のそこが脈動しているのが分かった。

クラウディオが優しくキスをし、そっと唇を離す。

初めて達した不安が和らぐのを覚えて、シャルロットは上がった息を繰り返しながら戸惑い、その人を見上げた。

「うまくイけたようで、よかった」

温《ぬく》もりを感じられる声、熱く見つめてくる眼差しに胸が高鳴った。

「初めにしては少々乱暴だったかもしれない。ここが痛くなったりはしなかったか?」

彼の手がスカートの中へと入って、敏感な部分を下着越しに優しく押された。

シャルロットは羞恥に頬を染めた。触れられたことに驚きつつ、それ以上に彼に気遣われている状況に困惑した。

「い、いえ、思ったよりも、その、よかった、です……」

(殿下が優しい……?)

そんなことあるはずがない。

そう思って一時視線をそらすが、彼はじっとシャルロットを見つめていた。まるで本当かどうかちゃんと見極めようとしているみたいだった。

そこに、あるはずのない愛情を感じて胸がどきどきしていく。

「そうか。少し濡れてからするのがいいのかとも思ったが、敏感なことに救われたな」

「そ、そうですね。あんな方法があるのは知りませんでした」

会話が成り立っている彼に、心臓がうるさいほど音を立てている。

それでいてシャルロットは、彼が普通に話しながらそこをゆるやかに撫でてきたのが気になった。次第に集中できなくなってくる。

「……あ、あの、殿下」

「また、感じてきたか？」

「なぜそのようなことを尋ねるのですかっ」

「中をうねらせて、君のここが物欲しそうに動いたからだ」

ここだ、と彼の指が割れ目に添えられる。

「ひぅ……っ」

つう、と濡れた下着越しになぞられるだけで腰がはねた。指で引っ掻かれ、円を描くように上を刺激されるとたまらない気持ちが戻ってくる。

「あ、あ、殿下……もう、止めて……」

「こうして触ってやると、初々しいはずなのにねだって応えてくる」

「応えて、なんか……っ」

彼はシャルロットが好きな加減を探って、じわじわと刺激してくる。

「なら、確かめてみようか」

下着をあっという間に引き抜かれた。羞恥で彼の腕を掴んだが、クラウディオが指をぬるりと中へ進めてきた。

「ひっ、あ……っ」

「ほら、ここもうねって吸いついてくる」

中を探ってくる指の異物感に震える。彼のおかげで痛みはなく、指を動かされるごとにシャルロットは快感でそこが熱を灯《とも》してくるのが分かった。

（どうして、優しくするの？）

彼は抱くためにここへ連れ込んだ。そのまま入れることだってできるとは、シャルロットも行為の知識はあるから知っている。

ただ、痛いだけ――。

それがないようクラウディオは準備のため、そうやって触ってくれているのだ。

「んやぁっ」

不意に、くちゅくちゅと浅瀬を刺激されて身体がびくびくっとはねた。

「他のことを考える余裕があったみたいだな」

「ち、ちがっ、んんぅっ」

「いい反応をする。外だけでなく、中も敏感らしい」

指の数が増えて、固く閉じられていた隘路《あいろ》を開かれていく感触に背筋が震えた。

「んぁ……あ……っ、奥にいくの、だめ……やぁ」

「ほぐさないと、余計に痛むぞ」

やはり、彼は痛さを削るためにしてくれているのだ。

「それに君の中は、ねだって俺の指に吸いついてくる」

膣壁をこすられると、奥へ甘い痺れが響いていく感覚はあった。

たぶんこれが……中で感じる快楽なのだとは思う。

何かを締めつけたいとする切なさがあった。前世でも経験をしなかった好奇心が、本能と合わさってシャルロットに指では届かない奥に触られたいと訴えてくる。

それは相手がクラウディオだからだ。

自分に熱を向けてくれている彼に、してあげたいという気持ちが湧く。

「ああ、クラウディオ、殿下……」

迷いながら彼の目を見た際、自分でも驚く甘ったるい声が口からもれた。

ハタと視線が絡んだ彼が、息を呑《の》む。

「──シャルロットっ」

不意に指が引き抜かれ、中心部にくちゅりと熱が押し当てられた。

それがなんなのかシャルロットは分かって、焦って頭を起こした。だが見る暇もなく先端を押し込まれて、びくんっと背がそった。

「あっ、だめ……ああっ、痛いっ」

進んでくる熱に、狭い隘路がぎちぎちと押し開かれていく感じがあった。

シャルロットは彼の腕を掴んで目尻に涙を浮かべた。

「む、無理です、入らな……おねが、抜いて……」

このましてしまったら、せっかく白紙に戻したことがだめになってしまう。

クラウディオが足を抱えてシャルロットの腰を少し浮かせた。

「無理ではない──ほら、もう半分は入った」

見せつけるように、その場でぬちゅ、ぬちゅ、と彼が浅く出し入れをした。

「あっ……あ……だめ……っ」

シャルロットは甘く背を震わせた。

──きつい、苦しい。

初めてを失ってしまったことを痛感して罪悪感が込み上げる。それと同時に引きずり出され、押し込まれるたび痛み以外の確かな愉悦を覚えていた。

流されそうになる。前世を思い出すまで、彼とこうする未来を思い描いていた。

義務的で痛くつらい夜伽や子作りを想像していたのに、クラウディオはシャルロットを一人の女性として扱っていた。

初めての行為は痛みを伴いつつも、満たされるような気持ちを彼女に与えていた。

（ああ、でも彼の運命の人ではないの）

「……でん、か……こんなこと、私としてはいけませ、ん」

彼には、主人公のエリサがいる。

シャルロットはとてもつらいものを胸に覚えたが、もうしないで、と首を横に振って彼に伝えた。

「今なら、まだ、引き返せますから。……抜いて、ください」

別れを目に浮かべ、シャルロットは切ない声でそう言った。

クラウディオが、ぴたりと腰の動きを止めた。

「引き返して、君は誰のもとへ嫁ごうと言うのだ？　――君の結婚相手は俺だけだ」

瞬間、彼が腰を摑んで力いっぱい押し込んできた。

ずんっと内臓を押し上げられるような圧迫感。何かが引き裂かれるような感覚があって、一瞬呼吸もできなくなる。

クラウディオがほんのわずかの呼吸の間を置いて、動かし始める。

奥を突く感触にシャルロットは息が詰まり、彼が一番の奥に届いたのだと悟った。

「あっ……いた、いっ」

ず、ずぐ、と彼は容赦なくその動きを繰り返してくる。

生温かなものが、つぅと二人の結合部の間を流れて滴っていくのを感じた。

「んっ、殿下……あぁ……抜いてっ、くださ……」

「直、よくなる」

「もう、終わって……」

「まだ終われない。注げば終わってやる」

つまり彼の子種を、ということか。

察して背筋が冷えた。注がれてしまったら、結婚以外に選択肢はなくなる。

「殿下っ、だめですっ。わ、私は、あなたの妻にはなれませんっ！」

クラウディオが眉間に皺を作った。慌てて抵抗しようとしたシャルロットは、手を軽く包み込むように握られてはっとした。

「俺の妻になるのは、君だけだ」

「でん、か……？　あっ」

片腕で不意に腰を引き寄せられた。強く押しつけられたかと思ったら、残った手をベッドについた彼にぐりぐりと奥までねじ込まれた。

「ひぅ⁉　ゃ――ああぁっ、あっ」

苦しい。それなのに奥にあたった熱にぞくぞくっと快感も走っていく。

「ふっ――本当に敏感なんだな。いい具合にうねって、搾り取られそうだ。今、軽くイッたのが分かるか？」

見つめているクラウディオの美しい青い目は、熱でゆらゆらと揺れている。

分からない。けれどシャルロットは下腹部がじんっと甘く痙攣《けいれん》して、先程果てたのと同じような感覚があるのは理解していた。

クラウディオが両手をシャルロットの左右について、腰を一定に揺らし始めた。

「……あっ……あ……」

先程よりも出入りが円滑だった。膣壁がこすられるたび、じわじわと愛液が滲《にじ》んでいるのだとシャルロットは実感する。

きついし、痛いのに、彼女の身体は男を受け入れているのだ。

彼の動きに合わせて、中がどんどん潤っていくのも分かる。

かすかだが、奥を叩《たた》かれるとじんっと甘く響いてくる感じもあった。

「ああ、せっかくのドレスなのに血で汚してしまったな」

（血……？）

ぼうっとクラウディオを見上げる。彼が悩ましそうに眉を寄せて、シャルロットの頬を撫でてきた。

「シャルロット」

切なげに名を呼ばれて、また胸がきゅんっとした。

(どうして？　私が嫌なんでしょう？)

それなのになぜ優しく名前を呼んで、気遣うように頬に触れて、そして避妊をせず致そうとしているのか。

こんなことをしたらクラウディオは、今後シャルロットと絶縁することはとても難しい状況に追い込まれてしまう。

「分からないか？　血は、俺がもらった証《あかし》だ」

処女を散らした、証だ。

けれど彼女の心臓は彼としてしまった背徳感に縮こまるどころか、目を合わせてくれていることにも小さくときめいてさえいた。

(彼が、私の目を見ているわ)

クラウディオの明るいブルーの瞳は、冷血で恐ろしいどころか、撫でている手と同じくシャルロットへの心遣いまであるように感じさせた。

「ドレスはきちんと綺麗にして返そう。代わりの着替えは持ってきてある。帰る時はそれを着せるから、安心してくれ」

（安心……？　なら、この手も私をそうさせようとしてくれているの？）

シャルロットは彼の手の温もりに涙が浮かんだ。

（どうして、優しくするの？）

いつか欲しいと思っていた触れ合いだった。肉体で彼と言葉まで交わしているかのような錯覚に、嫌でも心が嬉しさを叫ぶのが分かった。

涙を不安だと取ったのか、クラウディオが目尻にたまったそれを吸った。

その仕草にシャルロットの胸が高鳴った。すると連動したみたいに蜜壺が甘く収縮し、快感が増した。

「あぁっ」

それを感じ取った彼が、腰を回すように奥を突き上げた。

シャルロットはあまりの快感にのけぞった。いつの間にかそこは、彼の出入りを助けるほどに濡れていた。

「あっ……あ、ん……っ、殿下……！」

身じろぎしても、彼は正確に中をずちゅっぬちゅっと穿《うが》ってくる。

彼が腰を抱え、シャルロットの尻が浮くほど膝を押し込んできた。

「そうか。もうイきそうなんだな――君は初めてだ、長引かせるわけにはいかないな」

直後、下半身がはねてしまうほど強く突き上げられた。

腰に引っかかったドレスを、ふわっふわっと揺らしながら、広げられた白い太ももと一緒にシャルロットの汗ばんだ胸も揺れる。

「ああっ、あ、殿下、やぁっ」

きつくて苦しいのに、それを気持ちよさが上書きして気にならない。

だめだと思うほど、今は自分を見つめてくれている彼とこの行為の終わりを見届けたい気持ちが増す。

「シャルロット……！　く、シャルロットっ」

ねだるような甘い声を響かせたら、クラウディオが腰を振りたくってきた。

子種を注ごうと、必死に動く彼に不思議な熱がせり上がってくる。

甘美な感情が心を占めると共に、果てたあの感覚が身体の奥からぐぐっと込み上げてくるのを感じた。

「あっん、殿下、ああっ、もう、私……っ」

中の収縮の感覚が強まる。彼自身も、さらに大きくなるのを感じた。

きつさと苦しさも増してシーツを握りしめる。拒絶するなんて考えつかなかった。

彼と果てたい。この日のために教えられていた通りに腰を揺らし、クラウディオに達して欲しい気持ちで行為に協力する。

「俺もっ、そろそろ出そうだっ」

彼が穿ちながら花芯を手で刺激してきた。明確な快感がそこから走り抜け、シャルロットは中がぞくんっと震えて収縮を強めるのを感じた。

「あぁっ、あ、だめっ、そこ一緒に、触っちゃ——あああぁっ」

快感が弾けて彼自身を締めつけた。

クラウディオが一気に腰を乱して、呻きと共に膣奥へ欲望を放った。

「あ、あぁ……中に……」

ぴったりと奥でくっついた時、熱いものが注がれるのを感じた。

酩酊《めいてい》するような気持ちよさに、次第に背徳感を込み上げる。それでもシャルロットのそこは、うねって美味しそうに子種を飲み込んでいく。

「——くっ、とてもいい……っ」

クラウディオが少し動く。素早く出し入れすると、またぶるっと下半身を震わせて短く飛沫《しぶき》を吐き出す。

その短い刺激だけでも中がじんっと甘く痺れた。

気持ちよさが全身に広がっていくのを感じながら、シャルロットは果てた疲労感で意識を失った。

三章　王太子が私を諦めてくれなくて

目が覚めてみると、窓からは外の明かりが差し込んでいた。

（朝……にしても寝坊の時刻ね……）

夜会は終わってしまったのだろう。

開かれた窓の向こうからは、人の気配がない長閑《のどか》な風音がする。

「起きたか」

ぎしりとベッドが鳴って、はっと顔を向けた。

そこには、すでに身支度を整えたクラウディオがいて、ベッドに腰かけていた。

「あ、殿下……」

そこでシャルロットは、自分がシュミーズ一枚であることに気づいて、羞恥から掛け布団をさっと身体に巻いた。

そのまま上体を起こそうとしたが、痛みが走り、ベッドに戻る結果となった。

（うう、痛い……）

腰、そして足の間には違和感もあった。秘所がひりひりと熱を持っていて、下半身のけだるさも半端ではない。

彼と、してしまったせいだ。そして子種も受け止めた。

なんてことをしてしまったのかと、今になって昨夜の重大さがのしかかってきた。

「純潔をいただいた責任は取ろう」

シーツを握っていた手の上から、大きな手を重ねられてどきっとした。

はっと見つめ返すと、クラウディオがじっと見つめてくる。

「せ、責任って……」

「安心していい。君は、俺と結婚するんだ」

ひゅっと息が詰まった。脳裏によぎったのは、エリサの存在だ。

「で、ですが」

「ここに注がれたことを、忘れたわけではないな？」

掛け布団越しに腹部に手をあてられた。

シャルロットは昨夜を思い出して、かっと頬を染めた。

昨夜、彼の精をそこに受け止めたのは鮮明に覚えている。ベッドの上で乱れて初めての行為を彼とした。

諦めていた。彼と、そんな関係になることはないんだと。

（それなのに、なぜ？）

シャルロットは不安に揺れる目で彼をうかがう。

クラウディオが青い目を少し細めた。これまでの冷たい態度を思い出してびくっとしたら、頬に手を添えられた。

彼の目からは考えは読めないのに、昨夜と同じく何か熱いモノが宿っているように感じて、シャルロットは驚いた。

「婚約は絶対に、破棄しない」

「ク、クラウディオ殿下、どうして――んっ」

唐突に彼が身を乗り出し、シャルロットの唇を奪った。

早急とも思える仕草で、彼の舌が入り込んで中をまさぐってくる。

「はっ、ン……んぅ、ん……」

昨夜の激しさを彷彿《ほうふつ》とさせる、情熱的なキスだった。

官能的なキスにぼうっとしてきた。クラウディオが二人の間を隔てている掛け布団を引きはがし、押し倒される。

彼が両手を繋《つな》ぎ、角度を変えて舌を深く差し込みながら身体もこすりつけてくる。

興奮していることが伝わってきて、シャルロットの胸が甘く高鳴った。

（どうして、こんなに求めてくるの？）

嫌いな癖に、と思うのに、求められて喜び下腹部がきゅんとする。

シュミーズ一枚では、彼の硬い身体もよく感じられた。

豊かな乳房が二人の間で形を変える感触も、昨夜のいやらしい気持ちを呼び覚ます。

「ん、やら、でんか……んんっ」

つたなく訴えれば、彼の熱が余計に増すのを感じた。

クラウディオがキスをしながら一層身体を上下に揺らして、シャルロットと身体をこすり合わせた。

「シャルロット、シャルロット……」

キスの合間に低い声で囁かれるのが、心地いい。

昨夜にしたばかりでそんなに時間が経っていないせいで、余韻でもまだ残っていたりするのだろうか。

（ああ、だめ、私、このままだとキスだけで――）

シャルロットの方こそ、味わわされたばかりの甘美な尊い感覚に意識が引っ張られるのを感じた。

昨夜二人でした熱が蘇《よみがえ》ってきて、ぴくぴくっと身体が反応していく。

「んんっ、殿下、ン……だめ、だめです……あんっ……ん……」

抗《あらが》うすべもないまま、口づけだけで高みへと昇らされていく。

（だめ、彼のキスが気持ちよすぎて）

シャルロットがぞくぞくっとして、彼の手を強く握り返した時だった。

彼が片腕を回し、下半身を強く押しつけて舌をじゅるるるっと吸い上げた。

「んんんぅっ！」

彼女は彼の下で身体をはね、達すると同時にまた意識を飛ばした。

◆◆◆

たまらず、触れてしまった。

クラウディオは手を握り返してくれたシャルロットを見下ろし、ぐっと目を細めた。大事そうに両手でかき抱く。

「……すまない」

そう、素直に本人にどうして言えないのだろう。

初めての行為からそんなに時間も経っていないせいで、彼女はまだ体力も回復していないことは分かっていた。

それでも離れていこうとする姿を見せられると、我慢できなかった。

こんなにも必要としているのだと、一線を越えてしまったクラウディオはなし崩しのように再びその唇を求めてしまった。

一度触れると、もっと彼女に伝えたい、と男としての劣情が沸き起こった。これまでただの一度だって、彼女のために、どの女性にも触れなかったツケがきているのかもしれない。

クラウディオがシャルロット・モルドワズという五歳年下の少女に一目惚《ひとめぼ》れしてから、婚約と同じくらいの月日が経っていた。

彼女と婚約したいと言いだしたのは、クラウディオだ。

（可愛くて、温かくて、小さな手もとても柔らかくて――）

とにかく初めて胸の鼓動が変になるくらい緊張して、大きくなったら彼女と結婚することを夢見ていた。

守りたい、と思った。リードできる夫になるため努力の日々だった。

あと一年で結婚すると、去年の今頃は思っていた。

そのタイミングでエリサが現れた。彼女のうんざりする甘ったるい声や眼差しからも目論みは分かっていたが、王太子という立場から冷たくはできない。

そうしている間に、あと数ヶ月のところで縁談自体が危ぶまれた。

才女シャルロット・モルドワズが、王太子妃候補の辞退を要望したらしい。そんな噂が飛び交って国民が不安になっている。

（なぜ、うまくいかない――）

昔から自分にも厳しくしてきたせいか、素直になって言葉に出すことが難しかった。それをしよう、次こそは……と思っていたのに。

「――……君が愛しいんだ、シャルロット」

意識のない彼女を抱き締め、クラウディオはその柔らかな髪と肌に言葉を落とした。

起きている時に、そう素直に言えたらいいのに。

成人したシャルロットは美しくなった。焦り、どうか離れないでくれという思いと共に、彼は彼女を抱いて自分のものにした。

彼女が十八歳になるまで、あと三年、二年、一年――と数え続けていた。

美しく成人した彼女に触れて、我慢できるはずもなかった。

ずっとこらえ続けていた熱をシャルロットの身体に刻んだ時は、あとになって激しく後悔した。けれど拒絶されなかったということは、まだクラウディオにはチャンスが残されているはずだ。

彼女の父からもチャンスをもらった。絶対に、失敗はできない。

「すまない、俺は……それでも、君に妻になって欲しい……」

クラウディオはそろそろ動き出さなければならない時間なのは分かっていたが、今少しだけ、と意識がないシャルロットを抱き締めた。

◆◆◆

次に気づいた時には、シャルロットは自宅に送り届けられていた。

両親たちは、クラウディオが送り届けてくれたのだと言って安心していた。

夜会で彼との間に何が行われたか分かったようだが、結婚相手と過ごしただけと問題視していない様子だった。

交わっていたのは短い時間だったように思うが、シャルロットは疲労感もあって自室のクッションに身を預けていた。

（……ゲームにこんな流れはなかったわ）

初めてなので痛かったが、快感もきちんと彼は覚えさせてくれた。

彼とは思えない気遣いの数々にも彼女は混乱している。考えるほどに、胸がゆっくりと甘く締めつけられていく気がした。

（ヒロインは、どうなっているのかしら）

ベイカー伯爵家の令嬢、エリサ。クラウディオは先日、彼女と二人でデートシーンでも有名な並木道にいた。

あのまま何もしなければ、シャルロットとは縁談を解消できた。

それなのに、どうして彼はシャルロットを抱いたのか？

（初めてを配慮するなんて……ずるい。どうして『ひどい』とも思わせてくれないの？）

シャルロットは苦しかった。

彼のためによき妻に、よき理解者になろうとした。けれどここ数年は諦め気味だった。

そして前世の記憶を思い出して、すべて諦めることにしたのだ。

それなのに彼の真っすぐシャルロットを見る目に、一瞬でも期待を抱いてしまった。

いつか分かり合いたいと憧れていた人に触れられたら、否応《いやおう》なしに意識してどきどきしてしまうではないか。

（どうして、彼は――）

考えようとするものの、身体がきつくて無理だった。

母にも大人しく休みなさいとは言われていた。今はそれが必要なのだろうと、シャルロットにも思えた。

もったいない気もしたが、考える時間ならたくさんある。

眠って、それから明日以降の回復を待ってから……そう思って彼女は寝た。

だが翌日、とんでもない知らせが届いた。

朝食が終わった時間、モルドワズ公爵邸にやってきたのは王宮の騎士を連れた使者だった。

彼らは国王も認めた、王宮の決定が書かれた書面を持ってきていた。

【自分は相応しくないと口にしたのも不安があるからだろう。王宮としてはシャルロット・モルドワズ公爵令嬢の不安を和らげたく思い、このたび結婚するまで王宮で預かり、妃教育の復習をすることを決定した。〝未来の王太子妃〟シャルロット・モルドワズ公爵令嬢は、本日より王宮で暮らしていただき――』

それは、シャルロットの王宮暮らしが決定したと伝えるものだった。

年内に結婚予定なので、準備のため先に王宮へ。

それは急な知らせであったし、シャルロットは昨日の今日でのスピードにも驚かされた。

（……と、とんでもないことになったわ）

クラウディオと一夜を過ごした。王宮は子が宿っている可能性も考え、シャルロットを近くに置いて様子を見ることにしたのだろう。

両親は、シャルロットが王太子妃になることが確定して安心したみたいだった。

兄夫婦から心配する手紙でも来ていたのか、知らせて安心させておくからと言われてシャルロットは反論の言葉も出なかった。

王家、そしてたくさんの貴族も関わっていることだ。

十八歳の公爵令嬢でしかないシャルロットができることは、何もない。

婚約の解消話が一転、王太子妃候補に戻ってしまった。決定が告げられたのちにすぐ引っ越し作業が始まり、シャルロットは慌ただしく準備に追われた。

連れていく侍女はなし、王太子妃として相応しいものを王宮で用意するので、持っていく荷物は最小限でいい。

だから今回の急な転居は可能になっていた。

父も朗らかで、シャルロットは家族と離れて暮らすことへの寂しさを感じる暇がないまま、あっという間に馬車に乗せられた。

王太子専用の白亜の馬車で屋敷を出発してから、シャルロットは外の大騒ぎに気づいて失神しそうになった。

【王太子クラウディオ・ユティスの婚約者、シャルロット・モルドワズ公爵令嬢が成婚準備へと入り、王宮の離宮で暮らすこととなった】

大きな建物にでかでかと掲げられている広告に、唖然《あぜん》とした。

王室から出された急な発表は一気に広まったようで、馬車で王宮に向かう彼女を、大勢の王都民が祝福の声と共に見送る騒ぎになっていた。

王宮に到着してからも大変だった。

大勢の貴族たちが待ち構え、警備の向こうからシャルロットへ祝福を述べた。

「おめでとうございます！」

「挙式の日取りの確定が心待ちにございます！」

「このたびはお喜び申し上げます――」

王太子との結婚を応援し、誰もが認めて待ち遠しいと言わんばかりの賛辞だ。

二人の不仲説はどこへいったのか、とシャルロットは困惑が隠せなかった。誰か反対の人はいないのか捜したくなった。

そのまま警備が作った道を進み、王の間へと入る。

側近や貴族たちが多く集まっていたそこで、国王からシャルロットの王宮住まいを歓迎する旨の挨拶がされた。

王妃に続いてクラウディオも、夫婦として王都のオビルズ城への門出を迎えられる日が楽しみだと、形式的な挨拶を述べた。

（――嘘だわ）

心にもない歓迎の言葉を聞いて、シャルロットは苦しくなった。

成長していくにつれて、彼から『一緒にいたくない』という空気も感じ取っていた。

そして彼がすでにゲームのヒロインであるエリサと、交流があるのは見ている。

ゲームでは、開始時の昨年に伯爵令嬢といい雰囲気だと噂が上がる。

本来、それでシャルロットが彼女の存在を知る、というのがゲームの流れだった。

（それさえないのは……彼が巧妙にも隠しているせい？）

クラウディオは才智溢れる優秀な王太子だった。確かな外交手腕、軍の指揮も素晴らしいと国内の軍人たちも尊敬している。

でも、どうしてエリサのことを隠すのか。

シャルロットの家は、四代にわたって国王の側近を務めていた。公爵家との縁談は利益を考えても条件がいいとはいえ、ゲームではそのへんに関して問題があるとは書かれていなかったように思う。

クラウディオは、今や多くの支持者がいて次期国王にと望まれている。

彼が『彼女が自分の妃である』と一言いえば、結婚相手をシャルロットからエリサに変えることも容易なはず――。

（前世では真面目な会社員だったから、私はゲームの悪役令嬢と違って優等生になってしまった……私に何も問題がなかったせいで、破談が難しかった？）

ゲームと違いすぎて、わけが分からない。

シャルロットが悶々《もんもん》と悩んでいる間にも、王の間での祝辞は終わりを迎えていた。

その後は離宮へと移動し、配属となった侍女たちとの顔合わせ、荷物の整理や確認などに追われた。ゆっくり一人で考える時間もなく、続いては湯浴みの世話をされて豪勢なドレスを着せられた。

夜には、王家の晩餐会《ばんさんかい》まで開かれる予定が立てられていた。

ゆくゆくの王家入りを歓迎し、駆けつけられる距離にいた王家の血縁たちが集まっており、シャルロットは緊張した。

結婚がだめになるかもしれないことを思うと場違い感を覚えた。

かけられる祝福や『結婚したら』の話題には、胃がきりきりした。食事の席にはクラウディオもいたが、会話をほぼ国王たちに任せて結婚話を止めてくれる様子もなかった。

離宮に戻った頃には、一日で色々なことがあってくたくたになっていた。

侍女たちに世話をされたのち、ベッドに沈んだあとシャルロットの意識は見事にそこで途切れた。

◆◆◆

その翌日。いつも通りの時間に目が覚めたシャルロットは、実家の寝室とはまったく違う優雅な室内の風景に眩暈を覚えることから始まった。

「……いまだ信じられないわ」

シャルロットの寝室は、離宮の三階という贅沢《ぜいたく》な高台だった。

大きな窓は外の明るさを十分に取り込み、ベッドサイドテーブルや化粧台、中央に設けられたソファ席や美しい調度品をより映えさせている。

窓の向こうには、王宮とは思えない緑と青空の光景が広がっていた。

シャルロットから見ると、王宮の一部というより、離宮は完全に隔離された別の敷地みたいに思えた。

王宮の王族専用区と隣り合わせとはいえ、だいぶ離れている。

敷地の周囲を高い木々に囲まれ、王宮を行きかう者たちに姿を見られることはないが、使用人の他は護衛騎士たちが内外にかなりいて、物々しさもあった。

（まるで、幽閉されているみたいだわ）

そう思った時、起床を察知したのか、ぞろぞろと離宮の侍女たちが入室してきた。

「おはようございます、シャルロット様」

離宮暮らしの一日目が始まるのを感じて、シャルロットはややあった疲労感をこらえて彼女たちに朝の世話を任せた。豪勢な衣装を着せられた。かなり着飾らされ、肩が重く、もうそれだけで気疲れしてしまう。

「お疲れかとは存じますが、これから妃教育の講師たちも順に訪れますので、その前に説明をさせていただきます」

妃教育は、午前と午後に分けて数個ずつ入っている。

警備関係なのか、時間を割り当てられた日程については朝に知らされるという。

（……少々警戒しすぎなのではないかしら？）

王太子妃候補相手にしては、やや過剰な警備体制に感じて少し不思議には思った。

離宮は、すべて過不足なく整えられていた。

午前中に入っていた講師たちと、すべて会い終わったあとの昼食も、シャルロットに空腹の度合いを確認してから出された。

暮らす環境が急に変わって緊張もあったから、かなり有難かった。

料理はどれも美味しかった。そのうえ王宮専属のパティシエのケーキが、デザートとしてついてくることはかなり嬉しかった。

実のところ王宮のパーティーでの、シャルロットの密《ひそ》かな楽しみであった。

（ああ、午前中の疲労感が溶けていくようだわ）

朝食に続いて、昼食までも食べられるなんて感動だ。そのあとにいただく紅茶は最高の味がした。

午後の妃教育も始まり、時間通りに勉強部屋へと移動する。同じ階であったとしても数人の侍女、そしてかなりの護衛が同行した。

（とても窮屈だわ……）

講師と話している時も、侍女と護衛騎士が必ずいる状況だった。

そもそも復習も必要には思えない。だがシャルロットが国王に言ったことが発端だとしたら、やめたいとも言えない。

（これから、どうなるのかしら）

緊張なんて抜けない場所だった。

結婚する日までこんなところで過ごすなんて、できるのか自信がない。

昨夜の晩餐会で再び顔は見られたが、クラウディオとはとうとう会話もしなかった。

どうせ、彼は来ないだろう。

講師が退出したのち、近くのバルコニーで休憩しながらそう思った。それなら今日の授業がすべて終わったあとで、ゆっくり考えてもいい――。

そう考え、シャルロットは胃がずぐりと重くなるような苦しさを感じた。

ドレスも重くて、コルセットも苦しい。意識したら昨日からの疲弊感がどっと押し寄せて吐息をこぼしただけなのだが、侍女と護衛騎士が機敏に反応した。

「シャルロット様、ご気分が優れないのでございますか？」

「紅茶を下げましょう。すぐに新しいものを――」

「いえっ、大丈夫ですっ」

まるで紅茶に毒でも盛られたみたいに大げさに騒がれそうになって、シャルロットは慌ててみんなを止めた。

何も問題ないと説明したのだが、ひとまず身体を休めて欲しいと説得されてしまう。

（これでは気疲れもしてしまうわよね……）

何やら、色々と過剰だ。王太子妃候補は、王族クラスの警備体勢でも取られているのだろうか。

予定されていた授業は残りもう一つだけだったのだが、侍女と護衛たち全員に促される形で、シャルロットはそのまま休むことになってしまった。

離宮の三階にある私室へと移動させられ、窓辺に一人掛けソファが寄せられる。

そこに座って、シャルロットは春の優しい風を感じながらぼうっとした。間もなく侍女の一人が戻り、講師は手紙と土産を持たせて帰らせたと報告が来た。

挨拶も兼ねて足を運んだだろうに、顔合わせもできなかったことがシャルロットは申し訳なさすぎた。

ご足労のお詫《わ》びにはならないだろうが、と言って護衛騎士に協力をお願いし、書いた手紙に菓子折りを添えて欲しいと頼んだのだ。

侍女が出ていって、ようやく一人の時間をしばし確保できてほぅっと気が休まった。

（このまま、少しでも寝るのが得策……なのだろうけれど）

ドレスがカッチリしすぎて、座っていても楽な格好とは感じなかった。

眠りたい気もしたが、窓からの優しい風を感じている方が心なしか気分はまだいい。

しばし、息苦しさをできるだけ楽にするよう意識して呼吸していた。

ぼうっとしていると、どのくらい経ったのか、不意にノックの音が聞こえた。

「シャルロット様、殿下がおなりです」

訪問を知らせる声にシャルロットは驚いた。

（えっ、殿下⁉）

振り返った時には、もうその人が入室してしまっていた。侍女たちが頭を下げている前を、クラウディオが歩いて向かってくる。

「気分が悪そうだと聞いた」

「い、いえ、別に、殿下がいらっしゃるほどでは」

先程のことを、わざわざ彼に報告したらしい。

そもそも彼が今日すぐに顔を出すと思っていなかったから、どうしていいか分からず慌てた。ひとまず失礼がないよう立ち上がろうとした。

「そのままで」

だがクラウディオはそう押《お》し留《とど》めて、素早くシャルロットの前で片膝をついた。

その行動にも驚いたのだが、彼に右手を取られて緊張に固まった。

「脈は……落ち着いているな。体温も大丈夫そうだ」

どうやら確認のために触れたようだ。

「は、はい。ご迷惑をおかけして申し訳ございません。体調に問題はございませんわ」

「問題がなければ、侍女たちも騒がないはずだ」

疑うみたいに、彼の目がシャルロットへじろりと戻る。

「原因はなんだ？　食べたもので、何か違和感があったものに心当たりは？」

「え？　いえ、ございませんわ」

「本当か？　君はいつも我慢をする。先程飲んでいた紅茶で、舌に刺激を感じたりは？」

どうやら毒関係を疑っているみたいだ。

シャルロットは、飛躍しすぎではないかと思った。ここは彼の所有する離宮なので、警戒もばっちりだ。

するとて彼が不意に立ち上がり、突然シャルロットの顎をつまんで上げさせた。ずいっと顔を寄せられて、恥じらいを覚えた。

「なっ、何をなさるのですかっ」

「口を開けろ。舌に、毒の色が出ているかどうか確かめる」

「そ……そんなものありませんっ」

異性に口の中を見せるなんて、羞恥しかない。

慌てて抵抗したら、クラウディオが座面に片膝をつき、シャルロットの両手を片手でひとまとめにしてソファに押さえつけてしまった。

「諦めて口を開けろ。君の力では俺を押しのけられないぞ」

「そこでそのように脅されても困りますっ」

「なら、正直に話せ。君は賢い女性だ。何か心当たりがあるはずだろう。なぜ気分が悪そうなんだ」

引き下がる様子がないクラウディオに、シャルロットは困り果てた。彼の顔が近いのは心臓に悪い。

「……言ったらおやめになってくれるのですか？」

「もちろんだ」

即答されたので、羞恥に頬を染めつつ深呼吸して覚悟を決める。

「………その、ドレスが……豪華すぎて重いし、窮屈で……」

「ドレス？」

彼が、予想していなかったみたいに目を瞬く。

「だ、だって外出するわけでもないのに、こんなに高価なドレスで飾られてしまったら苦しくなります」

「君も、家では何回か着替えて楽しむのではないのか？」

「そんなことしません。私はゆっくり過ごせるのなら本を長時間読んでいても気にならない軽めのドレスで……」

恥ずかしさのあまり勢いで答えていたシャルロットは、まじまじと見つめてくるクラウディオの視線にハタと気づき、目をそらした。

貴族の女性は身を飾ることを楽しんだ。しかしここでも前世の影響が出たのか、シャルロットは幼い頃から実用的なドレスを好んだ。

誰の訪問もない日は、両親も兄も好きにさせてくれた。

「公爵からはそのようなことは聞いていないが……そうか、俺がとうに知っているものとばかり思っていたのだろうな……」

クラウディオが、深々と息をもらした。

「ご、誤解をといてくださったようでよかったです」

「それなら俺が緩める。それで今すぐ少しは楽になるだろう」

聞き間違いだろうか。そう思ってシャルロットは固まった。

「一人ではできないだろう」

彼がドレス越しにコルセットへ触れてきた。やっぱりドレスのことだったと分かり、シャルロットは慌てた。

「で、殿下おやめくださいませっ。そ、それくらい私も自分でできますっ」

「ただ緩めるだけだ。先日は脱がせただろう、何を恥ずかしがっている」

「恥ずかしくなるのは当たり前ですっ、夫婦でもないのにこんな」

すると彼が後頭部に手を回し、素早くシャルロットの口を塞いだ。

「んぅ⁉」

キスをされ、続く抵抗の言葉が出なくなる。

黙れ、と彼は言いたかったのかもしれない。舌を絡めながら、器用にもシャルロットのコルセットを片手で動かしている。

（言葉で言って欲しかった……！）

なんで、そうほいほいキスができるのか。

「んっ……んぅ」

歯列を丹念になぞられ、ぞくぞくとして気持ちよくなってきてしまう。

すると、緩めると言っていたクラウディオの指がコルセットの結び目からそれて、身体をまさぐってきた。

「ン、んん、殿下――んっ」

口を再び塞がれ、ドレスの上から乳房を揉まれてぴくんっと身体が揺れた。

仕事中なのに、ナニをしようとしているのか。

侍女が外から扉を閉め、室内に二人きりにさせられた。困惑している間にもクラウディオはキスをしながら胸の膨らみの先を指で弄ってきた。

（そこ、だめ……お腹の奥が熱くなってきちゃう）

じんじんと甘い痺れがたまっていくのを感じた。

不埒《ふらち》な気持ちがゆらゆらと込み上げてきた時、彼が先端部分を指で挟んできゅっと持ち上げた。

「んんぅっ！」

下腹部がぞくんっと震え、軽くイったのが自分でも分かった。

「あ、ぁ、なんで……」

キスをしていられず、シャルロットは自分の胸元を見た。彼の手で揉まれている様子が目に入ったら、ぞくぞくと快感がまた上がってきた。

クラウディオが眉間にぐっと皺を作り、唐突にシャルロットを抱き上げた。

「きゃっ」

彼は二人掛けソファへ移動する。

そこに座ると、自分の上にシャルロットを乗せた。そのまま後ろから両手で乳房を包み、大きく円を描くみたいに揉《も》み込《こ》む。

「あぁ……あっ……殿下、どうして、こんな」

「煽《あお》ってくる君が悪い」

意味が分からない。

「ほら、こうした方が触りやすいし、君にもよく見えるだろう」

クラウディオが耳元で囁く。

シャルロットは頬を染めた。この姿勢だと、豊かな胸が触られている様子がよく見えた。異性の大きな手で形を変えられて、快感が柔らかに身体の内側へと広がっていく。

彼の指が強弱をつけて先端部分をこすると、いけない甘美な熱がぞくぞくと身体の芯からまた起こってくるのを感じた。

「やぁ、だめっ」

胸を愛撫されていると、もっと他のところも触られたい欲求が顔を覗《のぞ》かせる気がした。

それが怖くなって頭を振る。

「脱がせているわけではないのに？」

先日の初めての交わり。自分が乳房を彼の目に晒《さら》し、たぷたぷと揺れていた光景を思い出してシャルロットは真っ赤になった。

気持ちよくなって、快感に呑まれて彼の下で果てた――。

けれど悪役令嬢である自分が、そもそも王太子とこんなことをしてはいけないのだ。

「そ、そんなことされたらお嫁に行けませんっ」

パニックになって思わずそんなことを口走ったら、彼が一瞬止まった。

「殿下……？　あっ」

クラウディオが肩口に手をかけて引きずり下ろした。ドレスから大きな胸がたぷんっとこぼれ出て、シャルロットは頬を染める。

彼はそれを見せつけるみたいに再び手に収めた。指先で先端をこねくり回し、彼が官能的な所作で揉む。

「だ、だめです、殿下……あっ、ん……」

「こんなこともしているのに、妃ではないと言うのか？」

後ろから耳をはまれた。かすれた低い声でぞくぞくしていたそこをそのまま舐められて、背が甘く震えた。

すると彼の片手が下へと移動する。

「あっ、だめですっ」

「だめなんてことはない。君は、俺の婚約者で、王太子妃候補だ」

シャルロットは咄嗟に閉じようとしたのだが、彼は自分の足をまたがせるように開脚させ、ドレスをめくってあっという間に中心を探り当てる。

「あ……っ、ああ……やぁっ……」

「気づいているか？　触れる前から中から溢れていた。今も、触れられたいと俺の手に伝えてくる」

クラウディオが耳や顔の横にキスをし、そこを下着の上から上下に撫でる。

すると『もっと触って』と蜜口が戦慄《おのの》くのをシャルロットは感じた。優しい手つきに中がうねって収縮する。

でも、だめだ。流されてはいけない。

この状況こそ間違いなのだと思って、首をぶんぶん左右に振った。

彼の手がぴくっと反応して止まった。だが直後に上の部分をくりくりと撫で、強めに割れ目をこすりつけてきた。

「あ、あぁ……っ、殿下、だめです……っ」

シャルロットはたまらない快感が込み上げてくるのを感じ、背を彼の身体に押しつけて悶《もだ》えた。

「こんなふうに、他の誰かに触らせてもいいと？　妃にならないのだとしたら、俺以外のどこに嫁ぐと言うんだ」

彼はやや声を荒らげると、下着の中に手を押し入れてきた。

「ひゃっ」

ぬかるむ花弁に、指が少し埋まるのを感じた。

初めてされた時に痛かった記憶が蘇り、身体が固まった。だがそこへの刺激が始まった途端、甘美な快感が起こって彼の上で身体をびくびくっとはねていた。

（あ、あっ、どうして——気持ちいいの）

クラウディオは遠慮しなかった。花芯や秘裂を巧みに指で刺激し、彼女が喘《あえ》ぐしかできないでいる間にもぬぷりと中へ指を出入りさせてきた。

挿入感は、初めて受け入れた時と違って切ない疼きを膣内に響かせた。

「ああ、あぁ、いや……」

恥じらいにそんな言葉が出るが、頭に『いい』という正反対の言葉が浮かんでいた。彼の指が出入りするごとに、どんどん濡れていくのが分かった。シャルロットではどうしようもない欲情が、むくむくと強まっている。

——イきたい。

先程より明確な劣情が、下腹部の奥からひくりと込み上げた。

「気持ちよくなっているようで安心した」

「あっ」

なぜか彼にはそれが分かるようだ。指を分かりやすいくらい抽挿されて、シャルロットは前屈《まえかが》みになって悶えた。

「んぁ、ああ……っ、あぁっ、ゃあ」

クラウディオの愛撫に蜜口がひくひくっと脈動している。

あられもなく指で出入りされている状況だというのに、甘い吐息をもらしている自分にもシャルロットは驚愕《きょうがく》していた。

彼がしてくる何もかもが気持ちよかった。全然痛みとは無縁だった。

足が勝手に広がり、その指を奥まで迎え入れる。こんな行為はだめなのに、彼の行為に胸がときめくみたいに膣内が甘く疼いて仕方がない。君が気持ちいいと、ここがうねって収縮するのが分かるか？」

「ああ、もっと感じてきたみたいだな。君が気持ちいいと、ここがうねって収縮するのが分かるか？」


ぐちゅっと膣壁を押されて、甘い快感でカッと熱くなって目がちかちかした。

「あっ……あ……そこ、だめ、果てて、しまいそうに……っ」

「そうだ。君のいいところでもある」

れろりと耳の下を舐められる。その部分をとんとんと軽くつつかれ、奥までぞくぞくと快感のうねりが響いてくる感じがあった。

「あぁぁっ、ああ、だめ」

シャルロットは快感を逃がすように身を倒したくなった。だが、クラウディオが片腕で抱いて身体を固定してしまう。

「気持ちいいという感覚に慣れていくんだ。これは、怖いことではない」

首筋に甘く吸いつかれて、優しくされていると、愛《いと》おしげに抱かれているのだと、勘違いしてしまいそうになる。

「はぁっ、あ、そんなこと、できません」

「妃になるには必要だ。子は……数と、濃さを重ねた方ができやすい」

そうだっただろうか。シャルロットはくちゅくちゅと蜜壺を広げるように愛撫してくる彼に、ぼんやりと思う。

子作りというだけなら、数はいらなかったような――。

その時、強弱をつけて指で中をじゅくじゅくと押し上げられた。

「ひゃああっ、あぁ、だめぇ……！」

「考える余裕があるのなら、遠慮はいらないな」

怖いくらいの甘美な衝動が奥から込み上げてきた。

「今日は同時にイく感覚を覚えてもらおうか。先程は胸でもイッていたな――両方したら、どうなるんだろうな」

彼がシャルロットの蜜口で激しく手を動かしながら、胸を摑んで抱き寄せ、乳首の先端も弄ってきた。

「あっあっ、だめです……だめっ、気持ちいいの……っ、殿下っ」

思考が真っ白に染まる予感がして、シャルロットは咄嗟に後ろにいるクラウディオの服を摑んだ。

両方から快感が身体の芯に集まるのを感じた。

腰が浮き、彼の指を咥《くわ》え込んだまま淫らにゆらゆらと前後に揺れてしまう。

「くっ――ほんとに、君はっ」

何か苦しそうに呻く声がしたが、指の激しさを増されて、シャルロットはもう考えてな

どいられなかった。

「いいのっ、あぁ、奥がおかしくなるっ、あ、ああ、腰が止まらな、なくて……っ」

「シャルロット、果てそうな時には言うんだ。『イく』と言ってごらん」

彼の優しい声が聞こえた途端、安心感で最後の理性が涙と共に溶け出ていった。

果ててもいいんだとたまらず腰を振り乱した。奥で膨らんでいた快感が今にも弾けそうなくらい強まった。

「あっあ、両方されるの、いい……っ、イく、もうイくの、イ……！」

シャルロットは不意に下肢に力が入り、びくびくんっと腰を震わせた。

彼の指を締めつけると同時に愛液がじゅっとこぼれ出た。震える蜜壺をわずかにこすり続ける彼の指が、気持ちいい。

はーっ、はーっと息をしていると、火照った頬に唇を押しつけられた。

「うまくイけたな。いい子だ」

締めつけが緩むのを待つつもりなのだろうか。彼が片腕で一層抱き締め、キスを降らせてくる。

「シャルロット……」

肌に唇で触れられながら、かすれた声で繰り返し名前を呼ばれた。

清拭《せいしき》に移るまでの短い間、シャルロットは彼の腕の中で息を整えていた。

四章　恋人のような婚約者同士の甘い交流

その翌日も、当たり前のように一日が始まった。

違っていたことは、王宮という場所を考えつつもプライベートで過ごすためのドレスを選ばせてもらえたことだ。

『離宮の外には出ないのなら、彼女が好きなように選ばせてあげよ――』

それは昨日、クラウディオが指示してくれたことだった。

（退場の意思を述べたのに、彼が私を王太子妃にすることを諦めてくれないでいる……どうして？）

侍女が妃教育の日程について説明していく間も、シャルロットは心ここにあらずだった。

昨日の行為を思い返すだけで、胸が甘く疼いた。

『うまくイけたな。いい子だ』

彼に、あんなふうに褒められたのも初めてだった。

クラウディオは気遣い、シャルロットが果てると、落ち着くまでなだめるように何度もキスをした。

あのあと、身を清めるために触っていいかとも律儀に尋ねてきた。

そんな彼の声にシャルロットは従って、まだ夫婦ではないはずなのに丁寧に清拭していく彼の様子を見ていた。

（私には……触れない人だと思っていたのに）

シャルロットは、結婚するにしても、せいぜい後継者作りに必要な際だけ致すのだろうと予想していた。

それなのに昨日、彼は子作りではないのにシャルロットに触れた。

（キスをして……私に、触れたくなった？）

急に欲望を発散したくなったのだろうかと思った。しかし彼は自分のモノに触れることなく、彼女を気持ちよくして行為を終えたのだ。

シャルロットのことを考えて、シたい気持ちを抑えてくれたのだろうか。

そんな期待をして胸がときめいた時、彼女はハッと我に返って苦しい気持ちになった。

（彼が選ぶのはゲームのヒロインで、私ではないのに）

脳裏に思い出されたエリサとの光景に、以前にも増して胸が切なくなる。

意味が、分からない。

どうして彼はシャルロットをそばに置くのか。

長年感じていたような冷たい人ではないのかもしれないと、彼が迷わせてくるせいで離れる覚悟も揺らいで苦しかった。

けれど、一人じっくり考えごとをするなんて離宮では難しい。

シャルロットがどんなことを思っていようが、時間通りに日程が進められていく。

一人目の授業が始まり、それが終わると休憩を挟む。

それから続いては二人目の講師がやってきて、最近の近隣の情勢についてシャルロットに説いた。

昔から知られている中立国は、相変わらず戦争の火種に大昔の歴史を引き合いに出して非難の声明を上げているらしい。

抑止力のようにその国を難なくなだめている隣の大国がある。もしクラウディオとの結婚が秋までにされた場合は、シャルロットは王太子妃として挨拶も兼ね、彼と共に友好国であるその大国の祝いに行かなければならないこと――。

（その説明は、本当に私に必要なことなのかしら？）

シャルロットは疑問を抱く。

悪役令嬢は婚約破棄され、公務に立つことはなかった。愛される王太子妃としてクラウディオに同行するのはヒロインの方のはず――。

エリサが今どうなっているのか気になった時だった。

「今、よろしいでしょうか？」

開いたままの扉から、廊下側の護衛騎士が顔を覗かせて確認を取った。

「どうかされましたか？」

授業を中断しての声掛けなので、よほど急ぎなのだろう。

心配になったシャルロットが離宮の女主人として、不慣れながらも用件を問うと、騎士は言う。

「はっ、実はこちらに――あ」

騎士が目を向ける。すると彼のそばから、銀色の髪が覗いた。

「今、いいか」

現れたのはクラウディオだった。妃教育を受けている部屋への訪れに驚いて、シャルロットは立ち上がる。

「で、殿下。どうしてこちらへ？」

講師が頭を下げ、授業の一時中断を態度で示して端へと後退した。

「君は座っていていい。少し立ち寄らせてもらっただけだ――昨日も少し無理をさせた」

彼は右手を背に回していた。駆け寄ろうとするシャルロットを、左手で押し留めて歩いてくる。

シャルロットは顔が熱くなり、そのまま椅子にすとんっと腰を落とした。

（人がいる前で言うなんて）

ここにいる者たちは、昨日何が行われたかは周知しているだろう。しかしシャルロットは自分が王太子妃になるなんていまだ信じられず、恥ずかしくてたまらない。

「頑張っていると聞いたので、これを」

彼が目の前に来たかと思ったら、後ろに回していた手を差し出された。

「えっ？」

直後、目の前にたくさんの花が咲いてシャルロットは驚く。

眼前に現れたのは大きな花束だった。彼は背に、美しい花束を隠し持っていたのだ。

「まぁ、なんて綺麗……」

それはうっとりするくらい明るく、上品な青い花のブーケだった。

緊張も心地よい香りの向こうに速やかに消えてしまい、彼女の見開かれたアメシストの瞳には、喜びの輝きが宿った。

「春の短い間にだけ咲くライジスタの花だ。王都では珍しい品種で、一部でしか出回っていない。母上の庭園から少しいただいてきた」

彼に「これを君に」と差し出され、シャルロットは誘われるように両手で受け取る。

「ありがとうございます、嬉しいです」

シャルロットは心からお礼を告げ、花束を両手で優しく抱き締める。

花は好きだった。領地の別荘でも飽きずに愛でたものだ。近場の視察をした際には、両親や兄もたびたび土産で花を持ってきてくれた。

「ああ、とても素敵な香りだわ」

香りを嗅ぐシャルロットを、クラウディオがじっと見つめる。

「――花が、好きなようでよかった」

間もなく、そんな声が向かい側から聞こえてハタと我に返る。

王太子を前に時間をいっとき忘れていた。シャルロットは慌てて視線を上げ、そこに不快にもなっていない彼がいて戸惑った。

「先日、豪華なドレスもあまり好んではいないと聞いた。そこで花なら喜んでくれるだろうかと考えた。……王太子なのに、花一つということで自信はなかったが」

「いえっ、とても嬉しいです」

驚きつつ、彼女は慌てて問題ないことを告げた。

「両親や兄からも、もらって一番嬉しいのは花と本でした。殿下からの花も、本当に心から嬉しく思っております」

彼が自分への贈り物を考えてくれた。それで王妃に頼み、わざわざ王妃の庭園から分けてもらって花を見繕ってくれたのだ。

それを思うと嬉しさで胸が熱くなり、シャルロットは花束を優しくかき抱く。

「このたびは素敵な贈り物をありがとうございます。花があると嬉しいので、授業が終わったら早速飾る場所を考えます」

その時を思ったら楽しみで、シャルロットは彼に微笑みを返した。

クラウディオが小さく目を見開く。

(あっ、私ったら、殿下へ普通に話しかけてしまっていたわ)

シャルロットはどきりとした。いっとき、『冷たい人』という印象を忘れてしまっていたせいだ。

話し方がまずくて不快にさせなかったか心配になった。

だが焦って視線を逃がした直後、彼はまたしてもシャルロットの印象を裏切るように丁寧に腰を屈め、目線を合わせてきた。

「よければ、俺が花を飾ろう」

彼が胸に右手を添え、そう続けてきた言葉にシャルロットは驚いた。

「えっ⁉　で、ですがそんなこと」

「花があると嬉しいと君は言った。君がよければすぐに花を飾ってやりたい――いいか？」

「は、はい、殿下のご都合がよろしいのでしたら……」

「それでは決まりだ。アレク、花瓶は空いているか？」

彼が振り返ると、室内を担当している護衛騎士の一人が進み出て答える。

「はっ、入居祝いで贈られたものを確認しております」

「それなら用意を。それから、彼女が普段見られるところに飾りたいので場所をすぐ検討するよう、マルガリーテ侍女長にも連絡を」

彼と騎士たちが動き出すのもあっという間だった。

(……なんだか嬉しそう？)

止めようか迷っていたシャルロットは、指示していくクラウディオを見て意見するのをやめた。

クラウディオの声掛けがあって授業が再開した。

にこにこと見つめていた講師が話していると、護衛騎士が複数の花瓶を運んできた。

「この部屋なら、こちらの花瓶がよく合うな」

クラウディオは自ら花瓶を選び、そして花束から丁寧に抜いてそれに移した。角度を変えて確認しながら、素晴らしい一瓶に仕上げた。

(美の心得もあるのね……)

その様子を見て見ぬふりができなくなって、そんな教養まで習得しているのかとシャルロットは注目してしまっていた。

講師は自分をすっかり見ていないことも、注意しなかった。微笑ましそうに授業を続けていると、続いて侍女もやってきた。

「殿下、私室と最上階の寝室にも用意が整いました。花をお預かりいたしますわ」

「俺が自分で行こう。何人かついてこい」

クラウディオがその侍女と護衛騎士を数人連れて、いったん部屋を出ていった。

シャルロットは、それを呆然と見送った。

（王太子殿下が、自ら花瓶に花を差しに……？）

しばし待っていたが、すぐに戻ってくる気配はなかった。

授業中に彼がいたらいたで気になってしまっていたが、いなくなっても彼の動向が気になった。

今、勉強机から左手の窓側には、青い花が愛らしく咲いていた。

それを見て心が和らいだシャルロットは、不意に甘酸っぱい気持ちになった。

（……何かしら？）

花があるのは嬉しい。けれど満足感とは別に、落ち着かない感覚がした。

こんなことは初めてで、彼女は首を捻る。どきどきとしている胸に手を添えていると、不意に講師のこんな声が聞こえて我に返った。

「わたくしの本日の授業は、ここまでにございます」

花瓶を眺めていたのはとっくに気づいていたようで、目が合った途端、温かな微笑みを返されてシャルロットは恥ずかしくなった。

「ふふ、よかったですわね。殿下も、シャルロット様に夢中であらせられるご様子です」

講師の言葉に、耳朶《じだ》まで熱くなった。

「そ、そんなことは」

シャルロットもうっかりそう錯覚してしまいそうになったところだった。はたから見るとそう見えるのかと思ったら、頬に朱まで差す。

花瓶を自ら設置していってくれている彼の気持ちが、よく分からない。

(彼は、私のことを疎ましく思っているはずでは)

クラウディオはシャルロットが婚約者として王宮に顔を出しても、勉強か、執務をしていて振り返ってくれないのがほとんどだった。

誕生日には定例文のような祝い言葉が書簡で届けられたが、花どころか、プレゼントも社交デビューの際の装身具程度。

そもそも十代の後半は『さらに王太子として立派になるべく勉強を』と、留学や視察を積極的にこなして彼は王都にいないことが多かった。

シャルロットが家で着ていたドレスだとか、花をもらうのが一番嬉しいと知らなかったことが、ほとんど一緒の時間を過ごさなかったのを証明している。

「なんだ、終わってしまったのか」

部屋に入ってきたクラウディオに、シャルロットの胸がどきんっとはねた。

戻ってきて、くれたのだ。はっと見つめ返すと、彼はまたしても手で『立たなくていい』と伝えて向かってくる。

「次も、こちらの部屋で受講か？」

「は、はい、そうでございます」

講師が彼に辞退の礼を取り、護衛騎士に連れられて退出していく。

「いくつか場所を選んで花を飾っておいた」

「あ、ありがとうございます。きっと室内が明るくなって、素敵な時間を過ごせます」

「そう願って日当たりなどを相談していたら、少し時間がかかってしまった」

もう少し早く戻って来るつもりだったんだがな、と彼は置時計を見て、授業の様子を見学するつもりだったのにともらしている。

(私が気持ちよく過ごせるようにと考えて、彼は自ら花を飾りに……？)

シャルロットはありえない言葉にびっくりしていた。

すると彼が、不意に屈み、正面から目を合わせてきた。

「ところで、具合はどうだ？」

「えぇと昨日のことでしたら、何も問題はございません……眠りましたらけだるさもなくなりましたので」

彼の『具合』が何を指しているのか分かって、王太子の質問には正直に答えなければと思いつつも、シャルロットの声はみるみるうちに小さくなっていく。

顔から火が出そうになって、熱くなった頬を隠すように思わず伏せた。

すると、頬にかかった濃い赤茶色の髪を、さらりと指で梳かれた。

「シャルロット」

彼が一層顔を近づけたのだと分かった。近い距離で聞こえた彼の声に、シャルロットの胸がどっとはねる。

囁くような色っぽい声には覚えがあった。

一つの予感を胸に、けれど期待でもするみたいにシャルロットはどきどきしつつ上目遣いに視線を上げた。

至近距離で再び視線が交わった時、顎を支えられて彼にキスをされていた。

ついばまれると甘い心地が胸の中に広がった。

ぺろりと舐められ、ぞくんっと背が甘く震える。甘ったるい吐息が唇から出そうになったシャルロットは、室内に侍女や護衛騎士も待機していることを思い出す。

「で、殿下――ン」

息継ぎがてら、喘ぐ声はクラウディオの口の中に消えた。

触れるだけのキスだったが、繰り返されるたび胸は甘く脈打った。気づけばシャルロットは彼に頬を撫でられるまま、互いの唇を繰り返し重ね直していた。

(どうして)

こんなことをしてはいけないと思うのに、昨日感じた甘く痺れるような感覚が背を伝って、次第に身体も熱っぽくなってくる。

このあと、深まるキスを予感してシャルロットの胸がときめく。

けれど二人の息が上がったところで、唐突に彼はキスをやめてしまう。

「キスをするだけだ、それだけでいいから——今は、我慢してさせて欲しい。いいか？」

クラウディオが、青い目でじっと見つめてくる。

(まるで、私の方こそが彼を嫌がっているみたいに聞こえるわ……)

シャルロットは彼の切なそうな眼差しにも戸惑った。

彼が言っているキスとは、重ね合わせるだけではない方のキスのことだろう。彼のこの目も、互いに高まった熱のせいなのだろうか。

室内には佇む侍女と護衛騎士の姿もあったが、シャルロットは続きを彼にして欲しい気持ちに駆られた。浅く顎を引き、唇を寄せたら、クラウディオが頭を抱え込んで唇を重ねてきた。

「んっ……」

再び唇が触れ合った感触が、シャルロットの胸を甘く打った。

彼のキスは優しかった。彼女のいいところを探るように軽く舌同士を触れ合わせ、角度を少しずつ変えながら唇を艶っぽく吸い立ててくる。

優しく触れ合う舌が、互いの唾液でぬるりと滑る。

舌を絡めるキスは身体の芯を熱くさせ、身体を支えていられなくなった。

するとクラウディオが、腰をもっと屈めて腕をシャルロットの肩に回し、追いかけてまで唇を重ねてきた。

気持ちよさに甘い吐息をもらせば、彼はもっと深くキスをしてくる。

「ふ、ぅっ……はぁ、んっ……ん……」

気遣いと、それでいてロマンチックさまで感じて、シャルロットは彼の腕の中に身を委ねて甘い心地に酔った。

既成事実を作られたあの日から、毎日が予想外すぎて目が回りそうだ。

ゲームでは、王太子クラウディオは、婚約者であるシャルロット・モルドワズを嫌っていた。ヒロインのエリサ伯爵令嬢と出会って、燃え上がるような恋から止まれずに何度も激しい情交を重ねる。

悪役令嬢シャルロット・モルドワズが、断罪されるような過激な行為に出たのもすべてクラウディオに対して愛情があったからだ。

（ああ、そうなんだわ）

胸の落ち着かないようなこの鼓動は――憧れや、慕う気持だ。

ゲームの悪役令嬢シャルロット・モルドワズと同じく、彼女はクラウディオに惹《ひ》かれてしまっているのだ。

キスがこんなにも気持ちがいいのも、彼に対して特別な気持ちが芽生えているから。

シャルロットは自覚して胸が甘苦く締めつけられた。

(どうして、こんなことをするの？)

決して、シャルロットを愛してくれない人。

前世の記憶を思い出して、彼女は、クラウディオだけは好きになってはいけないのだと見切りをつけて、ようやく諦められた。

(ゲームの中の『シャルロット・モルドワズ』のように嫉妬で我を失ったら私は、大切な家族も巻き添えにして破滅することになる――)

けれど幼い頃から尊敬し、振り向いて欲しかった人に触れられ、キスをされては嫌でも当時の期待が蘇る。

「少し時間が空いてしまうが、数日後に、また来る」

クラウディオの唇が離れ、熱い吐息と共にそう告げられた。

「その時にはまた、キスを贈らせてくれるか？」

言いながら、唇を濡らした唾液をちゅっと吸われる。

「ン……は、い、もちろんです……」

再会の約束に、否応なしにまた胸が熱く震えた。

これまで一緒にいたがらなかったのに、今になってキスをされたり触れられたり、わけが分からないとシャルロットは思った。

◆◆◆

それから数日、シャルロットは妃教育があるだけの毎日を過ごした。

講師たちだけ来訪する離宮は、とても静かだ。侍女からクラウディオは軍関係の視察があるらしいとは教えられた。

(キスは……その詫びも兼ねて?)

彼が、どういうつもりなのかまるで分からない。

午後の休憩時間、シャルロットは自室の開いた窓の前にある机から、彼にもらった花が飾られた花瓶を眺めていた。これも日課になっている。

政治的に結婚する必要があって、シャルロットを引き留めるためだけに数日の不在を詫びてキスをしたのだろうか――。

そんなことを勘ぐるものの、そう思えない自分がいて彼女を悩ませていた。

（気持ちがこもった……優しいキスに思えたわ）

クラウディオのことを思い出すたび、シャルロットの胸は甘く締めつけられた。それは会えない日を置くごとに強まっている。

まるで彼の顔を見たいと、シャルロットの心が彼を求めているみたいだ。

（そんなこと、思ってもいけないのに、私は……）

頭で考えても、想いが止められない。

彼が『この結婚は愛のない形ばかりのものだ』と正直に教えてくれたのなら、深追いせずに済む……のかもしれない。

ゲームではすでに肉体関係にあったはずだ。

シャルロットは、クラウディオとエリサのことを考えた。

彼女について尋ねてみようかと思案したものの、すぐに自分にはそんなことできそうにないと思い直す。

（殿下に確認するのが……怖い……）

失礼がないようにと気を引き締めていたのに、彼の機嫌を損ねてしまった経験がシャルロットを臆病にしていた。

次の授業でも、またやってきた休憩時間も心ここにあらずだった。

本を眺める気も起こらず窓の外を眺めていたら、それを周りは屋内で妃教育のみする日々のせいだろうと思ったらしい。

「シャルロット様、建物の外に出てみてはいかがでしょう？　ずっとこちらにいては、勉強のお疲れも取りにくいことかと存じます」

「いえ、護衛を連れて歩く気分ではありませんので……」

「離宮内は安全でございますから、近くを歩くくらいなら護衛もなく歩けるかと」

今の時間であれば、裏口から出れば護衛騎士と会わずに済むという。

一人で歩けるというのなら有難い話だ。ここへきてからシャルロットは寝る時か、自室にいる短い間しか一人の時間を持てなかった。

「それなら……お願いできますか？」

その返答から気持ちも汲《く》み取《と》ったようだ。侍女たちは「もちろんです」と答え、シャルロットを裏口まで案内してくれた。

勤め人たちが出入りしているというその扉が開かれると、正面に広がっていたのは私室の窓から見えていた美しい庭園だった。

侍女たちの話によると、王宮の王族専用の中庭と繋がっているのだとか。

（あちらの建物が見えなければ大丈夫そうね）

シャルロットは少しで戻ると約束し、侍女たちに見送られて建物の外に踏み出した。

久しぶりに外を歩く感触に、心が洗われていくような気持ちがした。

(ああ、清々しいわ)

眩《まぶ》しい青空のかかった庭園、その花壇をゆっくりと眺めていく。

窓から眺めてはいたが、やはり間近で見ると感動が違う。

「美しい花たちだわ」

庭園の通路を進みながら、シャルロットは左右にある花壇の花の、様々ないい香りをたくさん肺に取り入れた。

気持ちのいい木漏れ日が降り注ぐ並木道につられて、そこを歩き進んだ。

王宮の建物近くまでは向かわないように注意していたのに、楽観して足を進めていたのがいけなかったようだ。

「あっ……」

並木道を抜けた先に、美しい別の庭園が広がっていた。その背景に王宮の建物の一角が見えた。

恐らく、ここが、離宮と繋がっているという王族専用の中庭に違いない。

それでいてシャルロットは、見知った美しい騎士が、境界線を警備するように立っている姿に強く緊張した。

(……ど、どうしましょう)

王宮の壮美な景観を眺めていたのは、王太子の護衛部隊を率いているアガレス・ユーフィ騎士隊長だった。

暗っぽい髪と、紺色の目が彼の堅実さを一層魅力的に引き立て、三十代になったとは思えない魅力をまとった男だった。

風につられ、振り返った彼が、シャルロットの姿を目に留めて小さな驚きを見せた。

「ここに来る予定は聞かされておりませんが……」

次第に、彼の顔が顰められていく。

アガレスは攻略対象者の一人だ。幼い頃から王族の護衛としてクラウディオのそばにいて、ゲームでは主人がいい気持ちを抱いていない婚約者を毛嫌いしていた。

(あぁ、い、今の今まで忘れていたわ……)

彼は、シャルロットが王の間で咄嗟に名前を出した〝想い相手〟だった。

あれは、もう王宮には来ることはないだろうと思って後先を考えず口にしたことだったのだが、大変なことをしてしまった。

仕えている王太子の婚約者に、唐突にそんなことを言われたら大変困るだろう。

思えばアガレスがシャルロットの護衛から除外され、入居後まだ挨拶もしたことがないというのも普通はない話だった。

「あ、あのっ、アガレス様――」

大演技ものの嘘だったと告白するか躊躇いつつ、シャルロットが歩み出すと、彼が警戒したみたいに後退した。

シャルロットはびっくりした。気のせいでなければ、こちらを見つめているアガレスの凛々《りり》しい美貌の顔に冷や汗が流れていく。

「名前を呼ばれたのは初めてかと存じますが。私に、何か御用ですか？」

「あ……」

前世の記憶が戻ったせいで『アガレス』なんて呼んでしまったが、この世界でシャルロットは彼の名を呼んだことはなかった。

幼い頃からクラウディオのそばにいるのを見てきた程度だ。

「申し訳ございません。ご挨拶もまだですのに勝手に名前をお呼びしてしまって――あら？　どうしてもっと離れるのです？」

「あなた様が向かってこられるからです」

歩み寄るシャルロットの方に突き出されたアガレスの両手は、小動物に『そこまで』と告げているみたいな感じになっている。

「声が届かないでしょう？」

「届きます、届きますからそこにいてください」

一歩踏み出したら、アガレスがさらに手で『近づかないでください』と示したうえで、素早く一歩後退した。

「お名前はもちろん存じ上げておりますので、挨拶はいりません。あなた様に名前を呼んでもいい状況を作ってしまうことも、避けたく思っております」

王の間の一件も加わって、さらに嫌われてしまったのかもしれない。

「申し訳ございません、私に名前を呼ばれることがお嫌なのですね。それでは今後は騎士隊長様とお呼びさせていただければと思います」

「え」

「何かあった時は、担当があなた様だった場合は助けを呼ばないよう気をつけます。その際にはできるだけ自分で対処いたしますので――」

あっさり納得して語っていくシャルロットを、アガレスは唖然として見ていた。

だが、護衛としての手も煩わせない、と言うのを聞いて「お待ちくださいっ」と言った。

「それは困ります。あ、あなた様に何かありでもしたら――それに嫌とかそういう意味ではなくっ」

「え？　違いますの？」

焦って言葉を出してきた彼に、シャルロットは目をぱちくりとした。

アガレスが口をつぐんで「ぐぅ」と苦悶《くもん》の表情を浮かべる。

（……もしかして先日の王の間の件で？）

結局嫌なのか嫌じゃないのか分かりかねるが、彼を思い悩ませてしまっている原因の一つはシャルロットの発言にある。

前世の記憶、といった理由は明かせないが、嘘だったと非礼を詫びよう。

シャルロットはそう考え、緊張気味に息を短く吸った。だが口を開いたその瞬間、庭園の草がガサッと揺れる音がした。

びくっとして目を向けたら、走って来るクラウディオの姿があって驚いた。

「えっ、殿下？」

確か、軍関係の視察があるとかで数日見ていなかった顔だった。

アガレスが両手を素早く胸の高さに上げ、下がる。

シャルロットが戸惑っている間にも、クラウディオは真っすぐ走り寄ってきた。

「ど、どうされたのです？」

「ここに出ていると知らせを受けた」

「あっ、申し訳ございません、殿下に断りもなくこんな――」

慌てて謝罪のためスカートを握った。だが下ろした視線の先に手を差し出され、シャルロットはハタと頭を起こした。

「……あの？」

こちらに手を差し出している彼と、その手に視線を往復する。

質問を察したみたいにクラウディオが変な咳払《せきばら》いをした。

「気晴らしがしたいのだろう。それなら、つき合おう」

「お仕事は大丈夫なのでございますか……？　お戻りになったばかりなのでは」

「ちょうど報告を済ませたところだ。君が一人で散策したいと思っていたのなら水を差すようで悪いとは思うが、よければ……このまま俺が中庭を案内したい」

どうだろうか、と彼が美しい所作で片手を差し出して申し出てくる。

「い、いえ、初めての場所ですから案内は有難いです。……殿下がよろしければ、お願いいたします」

そっと彼の手に指先を乗せた瞬間、シャルロットの胸は甘く高鳴った。クラウディオが驚かさないようにか、ゆっくりと握ったのもどきどきした。

「さあ、行こうか」

「は、はい」

アガレスの護衛つきで、クラウディオと歩くことになった。

彼は、王族しか出入りができないこの中庭が初めてのシャルロットをエスコートし、丁寧に案内してくれた。

「あの花はフリジーア。それの品種改良のものが、向こうにある色違いの青いものだ。あれは母上が輿入れ《こしい》の際にねだったもので――」

シャルロットは、どこか穏やかな彼の声に心が引き寄せられて耳を傾けていた。

この人に、恋をしてはいけない。

そう頭の中で自分に言い聞かせるのに、手を引く彼の優しい力加減や、エスコートする温もりさえ意識してしまう。

今までは、こんなふうに二人で歩くなんてこともなかった。婚約の解消を切り出してから変わってしまった彼に戸惑いつつも、シャルロットはこの時間を嬉しいとも感じている。

（でも……そういう〝ふり〟を、殿下がしているのだとしたら？）

不意に、悲しい気持ちがして恋人繋ぎされた手へ視線を下ろした。

少し離れてついてくるアガレスは、シャルロットが『恋をしている』と嘘を吐いた相手だ。だから見られた際には、二人きりでいたことを誤解されてきっと責められるとシャルロットは怯《おび》えた。

けれどクラウディオは、叱りつけてもこなかった。

そんなことを考えていると、斜め上から小さな咳払いが聞こえてハッとした。

「気を休めたいのに、俺ばかりが話していてはそうならないよな。余計な世話だったか？」

クラウディオが、少し心配そうに覗き込んでくる。

「い、いえっ、とても面白いですわ。殿下のお話を聞くのは好きです」

信じて欲しくてありのままを伝え、彼の手をきゅっと握り返したら、クラウディオがまたしても「んんっ」と妙な前置きをした。

「それはよかった。それに君が手を見ていたのも合点がいった。……こうやって手を引かれることは、嫌いではないのだな」

シャルロットは指摘を受け、恥じらいに身が固まった。

「は、初めてなので、よく分かりません」

「俺にはそう見える。手を繋いでから君は楽しそうにしていて、だからつい色々と話してしまったわけだが――貴婦人たちは節度ある距離を好むが、君はこういうことが好きなのだと分かって、ほっとしたというか」

クラウディオが、誤魔化《ごまか》すように少し赤くなった目の下を手の甲でこする。

（ほっとした？　彼も、こういうことがしたくて手を繋いでみたということ？）

顔が熱くて考えがまとまらない。シャルロットは、自分が意外なことにベタな恋人繋ぎが好きなのだと分からされて恥ずかしかった。

赤面している二人を、後ろからアガレスが優しい目で見守っていた。

「その、だな。この左手は今、婚約者である君のものだ。だから……握っている間は好きにしてくれて構わない」

気のせいでなければ、不器用な言い方で遠回しに『君も握っていい』と言われている。

「は、はい。それでは、そのようにいたします……」

心臓の音がうるさくて変になりそうだ。シャルロットはどきどきしながら、指をそろりと動かして彼の手を握り返した。

きゅっと握り合わせた時に、彼の手がぴくりと揺れた気がした。

クラウディオがそこを見ないまま――同じように、返事でもするみたいにきゅっと握り返してきた。

その瞬間、シャルロットの身体の芯がきゅんっと甘い高鳴りを上げた。

（何、これ？）

これまで感じたことのない、満たされるような想いが指先にまで広がっていく。

どきどきと響いてくる鼓動は、シャルロットの期待をそのまま示している気がした。

「君の話も聞きたい。その……よければ、ここにあるどんな花が好きなのか、まずは教えてくれるか？」

「は、はいっ、もちろんでございますっ」

彼が、話を聞いてくれる――それがシャルロットは嬉しくて時間をしばし忘れた。

後ろから同行しているアガレスの存在も忘れて、彼女はしばらくクラウディオと美しい庭園を歩いた。

建物に戻ると、護衛騎士たちが侍女と待っていた。

「楽しめたようで何よりですわ」

送り届けたクラウディオが護衛騎士を二人連れて去ったあと、彼女たちが微笑ましげにシャルロットへそう言った。

浮かれた乙女のように過ごしてしまったと、気づかれているのだろう。

シャルロットは察して赤面したが、言い訳もできず俯く。

(とても――楽しかったわ)

こんなにも時間があっという間だと感じたのも、初めてだ。

だが、侍女たちの一方で、騎士たちはなんだか疲れ切った顔をしていた。

「シャルロット嬢、殿下もお時間なら取ってくださいます。気晴らしで外出してもよいとはお言葉をいただいておりますので、今後は我々の目をかいくぐることのないようにしていただけますと助かります」

先頭にいた護衛騎士に吐息混じりで告げられ、シャルロットはしゅんっとなった。

彼女は王太子妃になる予定で、ここにいる。やはり勝手な行動はいけなかったのだろう。

「……申し訳ございません」

護衛騎士たちに促され、彼らの間をとぼとぼと抜けて建物へと上がった。すると続いた侍女たちが、くすくすと笑ってシャルロットにこっそり教えてくれた。

「彼らは、上司のお叱りを受けただけなのですわ」

「とすると……アガレス様？」

アガレスは、少し前に離宮側へとマントを揺らして歩いていった。

戻りの予定を伝えてくるとクラウディオには報告していたが、どうやら警備を担当していた護衛騎士たちに話をつけるためだったらしい。

（そうよね、護衛のお仕事でここにいるわけだから……）

守るべき人に建物から抜け出されたら、たまったものではないだろう。

「シャルロット様は何も悪くありませんわ、ご提案したわたくしたちが悪いのです」

「いいえ、皆様は悪くありません。あなた方のおかげで気を休めることができました、今日は本当にありがとう。おかげでまた頑張れますわ」

シャルロットは、叱られるかもしれないと思いながら今回のことを提案してくれた侍女たちに微笑みかけた。

侍女たちは同じくらい優しい顔で、どこか眩しそうに彼女を見つめて「光栄でございますわ」と嬉しそうに答えていた。

五章　恋と甘やかな夜伽指名

翌日から、クラウディオは毎日また訪れるようになった。

王宮側の書棚にあったという本を持ってきたり、休憩用の菓子を持ってきたり――そして、そろそろ替え時だと感じた時に別の色の花束を持ってきた。

「君が、癒されていると聞いたので」

だから花を、と彼は言葉少なく口にした。

けれどシャルロットは、彼の眼差しにたくさんの言葉が詰まっている気がした。勝手な錯覚なのに、自分のために選んでくれたことを嬉しく思った。

「ありがとうございます」

彼から、愛おしげに花束を受け取って、抱き締めた。

恋が、この花束のように花を咲かせていくのを感じていた。

（……どう、しよう）

数日の視察が終わって再会した彼へのときめきは、以前よりも強まっていた。

惹かれているせいなのか、見つめてくるクラウディオの青い瞳を、今は冷たい印象に思えなかった。

煌びやかで、宝石みたいにきらきらとして美しくて――。

そんな彼と目を合わせると、シャルロットの胸は否応なしに高鳴るのだ。

もしかしたらクラウディオも、少なからず結婚してもいいと思っているのではないかと期待が込み上げそうになる。

彼が去ったあとも、建物中に置かれた花たちを見るたび、クラウディオのことを思い出した。彼もそう分かって花をくれているのではないか――なんてロマンチックな妄想をして、我に返って悲しくなった。

(そんなこと、二人の間で起こるはずがないのに)

彼には、ゲームのヒロインがいる。

伯爵令嬢のエリサだ。彼が、外で二人きりで会っていた美少女。

対するシャルロットは、王太子妃になる予定で離宮に入居したのに、社交は一切免除されてここに閉じ込められたままだ。

外の情報はほとんど入ってこないし、隠されている気分にもなってくる。

出す気もないのだろうと思っていたのだが、その数日後に驚く知らせが入った。

「シャルロット様。殿下から、茶会の招待が届きましたよ」

「え⁉」

聞き間違いかと耳を疑ったが、侍女はにこにこと笑って続ける。

「お時間を作ってくださると使者が伝えにきました。こちらが、殿下からのお手紙でございます」

「彼からの、手紙……」

シャルロットは、戸惑いながらもそれを受け取った。

おそるおそる開いて見てみると、そこには綺麗な字でこう書かれていた。

【またしばらくは気晴らしができていないだろう。君がよければ明日の午後二時に、俺の私用書斎でその機会を与える名誉をもらいたい――】

多忙のようで、彼は本日は顔を出せないことも丁寧に詫びていた。

（名誉、だなんて……）

シャルロットは、よくある社交辞令の言葉なのにじわじわと顔が熱くなる。

これまで距離を置かれていたことへの気持ちが、また、自分の中で一段と薄れていくのを感じた。

◆◆◆

その翌日、午後二時前に迎えがきた。

シャルロットはやってきた護衛騎士たちと共に、数人の侍女を連れて王宮の建物へと上がった。

王宮内を歩くのは入居してから初めてのことだ。使用人や貴族が行きかう廊下を歩くのは緊張したが、彼らは少し目で追いかけていくくらいで、身構えていたような嫌味《いやみ》を囁く感じさえなかった。

王太子の婚約者として、長年教育を受けてきた身でありながら先日、今年の結婚予定を前に、自分は結婚相手に相応しくないと王宮を騒がせた。

（王太子派に、怒りでも抱かれていると思っていたけれど……）

それを機に『娘を王太子の妻に』と動く貴族たちも出てきていると踏んでいたのだが、王宮内はシャルロットの想像に反して静かだった。

廊下が狭まると、貴族たちは王太子妃候補の護衛たちの進行を妨げず左右に寄って、道を開けて恭しく見送りもした。

不思議がりながら王宮内を進んでいくと、三階の一角に王太子の私用書斎はあった。

私室の一つで、出入りをかなり限定していて、休憩がてら手紙に目を通したり書類作業ができる場所だ。

訪ねてみると、室内にはクラウディオしかいなくて、わざわざ彼自身が扉を開けてシャルロットを迎えてくれた。

「このような場所で済まないな」

「い、いいえ。本日はお招きいただきましてありがとうございます」

「プライベートだ。部外者の通行は制限されているので、楽にしていい」

彼は、こちらへと言ってシャルロットの手を引いた。

初めて入ったクラウディオの私用書斎は、応接席と複数の補佐官席が設けられていて立派だった。茶会のため補佐官たちは一時的に外に出されたのか、作業机には仕事道具がまとめられ積まれていた。

まさかと察して正面の窓の前、明らかにクラウディオのものらしい大きな厚い書斎机を見てみると、持ち込んで進めていたのか途中になっていた書類もあった。

（お忙しいのに、時間を作ってくださったの……？）

どきどきしながら、クラウディオに導かれるままソファ席へと座る。

それは三人掛けで金の細工までされ、赤い布には刺繍《ししゅう》までされてデザインも凝っていた。

向かいのガラスのテーブルには、すでに茶会の用意が整っている。

テーブルの上には、紅茶に合う色のついた可愛らしい砂糖菓子があった。

それから、焼き菓子とクッキーの詰め合わせ、ミニケーキが載った皿も二人分ある。

「気に入ってくれただろうか？」

言いながら、クラウディオが隣に腰を下ろした。それに緊張しつつシャルロットは頷く。

「は、はい。とても綺麗で、可愛いです」

「それはよかった」

その間にも護衛騎士たちが室内の警備場所につき、侍女たちが紅茶一式が載ったワゴンを押して手早く支度に取りかかる。

「いい、俺がする」

侍女の一人が、ティーカップに伸ばそうとした手をクラウディオが制した。

「かしこまりました」

シャルロットは、そのまま下がった侍女にも驚いた。

クラウディオは、王太子であるのに自ら二人分のティーカップへ紅茶を注いだ。作法として勉強はするとはいえ、男性がそのように女性側へ振る舞うのはほとんど見られないことで、シャルロットは驚きを隠せない。

「王宮のバラをブレンドした。君の口に合うといいが」

彼が、一つのティーカップをシャルロットの方へ寄せる。

「えっ、殿下が配合を？」

「仕事の合間にできることと言えば、少しの休憩に飲むことくらいだからな。その時々で替えて飲んでいる」

「そう、だったのですか……」

それは知らなかった。シャルロットはティーカップを引き寄せつつ、彼も自分と同じことをしていた事実に密かな驚きを覚えていた。

クラウディオがティーカップを持ち上げる小さな音と共に、二人の茶会が始まった。

彼の飲む姿勢は所作が洗練されていて、すべて美しかった。

シャルロットは隣にいる彼をつい盗み見る。窓から差し込む外の明るさで、彼の銀色の髪がティーカップの金の装飾とよく似合っていた。

二人での茶会は初めてだった。社交か、王太子の公式の婚約者への訪問ではいつも父か母、もしくは兄が指名を受けて三人でテーブルを囲んで座っていた。

（それもまた、少しおかしな光景よね）

とにかくシャルロットと、二人きりになろうとしなかった印象があった。

なのでこの状況には緊張があった。けれど作法としては紅茶を飲んでいるだけにもいかず、まずは砂糖菓子へ手を伸ばすことにした。

それを指でつまんで、口へと入れる。

「あら――果実感があって美味しいわ」

思わず声が出た。意外な味で、つい緊張がほぐれた。

普通、どの色の砂糖菓子も同じ甘さになるはずだが、試しにグリーンの砂糖菓子も口にしてみると、やはり味が違っていた。

「これも、果物……？」

「そうだ。どれも色の特性をいかした果汁が使われている。この前のカクテルからしても君は甘いものが好きなようなので、砂糖菓子も同じようにアレンジしている店がないか探して注文した」

「えっ。そ、それは、ありがとうございます」

この前のカクテル、というと彼に抱かれた夜会の時だ。

どきっとしたシャルロットは、同時に驚きで胸がどくどくと脈打った。

（……わざわざ注文を？）

忙しい中、今日のために彼自身が探したのだろうか。

信じられない気持ちで砂糖菓子を見つめ、クラウディオへと視線を移動する。

すると、彼はずっとこちらを見ていたようで、ばっちり目が合った。

「急かすつもりはないんだが、ケーキもいただくといい」

「は、はいっ、もちろんいただきます」

（なんだか、そわそわされていらっしゃる？　まさかね……）

表情の変化があまりないので分かりづらいのだが、クラウディオから、兄がプレゼントを見て欲しくてわくわくしている時と似たような空気を感じた。

甘いものが好きなのは本当だ。

離宮で食事に毎回ついてくるデザートのスイーツだって、美味しくいただいている。

彼の方を気にしつつテーブルにあるミニケーキの皿を目に収めたら、シャルロットは途端にうっとりしてしまった。

「とても可愛くて、綺麗……」

そのミニケーキは、細やかな飾りづけがされて美しかった。

引き寄せて近くから見つめてみると、チョコ細工の花弁、銀色の粒も凝った砂糖菓子だと分かる。

フォークを入れるのがもったいないと感じながらも、同時にどきどきと期待して、まずは黄色いミニケーキを少しすくって食べてみた。

「ン……ああ、なんて美味しいのかしら」

果実の優しい甘さが舌から広がった。柔らかなケーキの層が口の中で蕩けて、思わず頬に手をあてる。

そんなシャルロットを、クラウディオがじっと見つめていた。

「それは来月に出る新作のようだ。君が気に入ったのなら、王宮のパティシエチームも喜ぶだろう」

「まぁっ、王宮の新作でしたのね。それを一足先にいただけるなんて、嬉しいです」

「それからこちらは取り寄せたものになる。アディシャンの店だ」

「えっ、あの人気店の⁉」

シャルロットは、彼が指差した花弁の飾りが載った可愛いミニケーキを見た。

「母上たちの茶会でも人気だそうだ。教えてもらい、昨日足を運んで選んできた。そしてこれは――」

そう言って隣からケーキを説明していくクラウディオの声が、半ば耳に入らなくなってしまった。シャルロットは驚いて彼の横顔を見つめた。

（……今、ご自分で選んだとおっしゃったの？）

彼は王太子だ。町中の店に立ち寄るのも難しい身分であるし、そんなことに割く時間を作るのも大変なはずだ。

けれどクラウディオが説明に夢中になっているのも、それだけシャルロットにあげる日を待ち焦がれていたことも伝わってきた。

（――嬉しい）

シャルロットに喜んで欲しいから、彼はそうしてくれたのだ。

二人でケーキを食べ、説明の味を確かめ合っては感想を交わした。

以前から考えるとありえない状況のはずなのに、彼と二人、こうして話せていることをシャルロットは心地よく思った。

胸が温かくなって、自然と微笑みが浮かぶほどだ。

「私とのお茶のために、素敵なケーキまで用意してくださって、ありがとうございます」

またしてもお礼が自然と口から出た。彼がハタと目を見開き、すぐ視線をそらし口直しのようにティーカップへ手を伸ばした。

「気に入ってもらえてよかった。……用意した甲斐《かい》があったというものだ」

紅茶を飲んだ彼の頬は、ほんのり赤い。

気取っているが照れているのが分かって、シャルロットの鼓動が早鐘を打った。

こんな彼なんて、知らない。彼女は大きくなった心臓の音から意識をそらすべくきちんと座り直し、テーブルへ顔を向けた。

（ど、どうしよう。こんな殿下は初めてだわ……）

二人の間に、しばし沈黙が流れた。

互いが照れ合っていることは、室内の誰もが察していることだろう。恥ずかしくなるくらい侍女たちに温かく見守られているのを感じる。

これまで交流を取ってくれなかった婚約者だ。いったい、彼と何を話して会話を繋げばいいのかも分からない。

「……あっ、紅茶！　紅茶を追加いたしますわねっ」

彼のティーカップの底が見え始めていることに気づき、シャルロットは慌てて腰を浮かせた。するとクラウディオも立ち上がり、同じようにティーポットへ手を伸ばした。

「いや、それは俺がしよう」

「いえっ、殿下にさせるわけにはまいりませんので」

「まだ陶器も熱いはずだ。緊張しては手も滑る、シャルロット、危ないから――」

少し慌てたのか、彼の口からするりと出てきた心配する言葉に、シャルロットは驚いてしまった。

クラウディオが、素早くティーポットを回収した。

その際に手が少し触れて、意識していたシャルロットは過剰に反応してしまった。

「ひゃっ――あ、ごめんなさい」

ぱっと距離を開けた彼女は、失礼な態度だったと背筋が冷えた。

「殿下、違うんです、ごめんなさい。私、あなた様に嫌な思いはさせたくなくて……」

するとクラウディオは、シャルロットが懸念したような非難する表情は浮かべなかった。

「いいんだ。まずは、座ってくれ」

彼は穏やかな顔でほんの少し微笑んだ。

どうぞと優しく促され、シャルロットは素直に座り直した。クラウディオが二人のティーカップに紅茶を注ぐ。

立ち上がるバラの香りと、彼が動いた際の香水の匂いに心が落ち着いた。

「当然だと思う。君にとって、俺は知らない大人とほぼ同じくらいの距離感にいることは、きちんと理解しているつもりだ」

お互いが紅茶で少し喉を潤すのを待って、彼が静かに切り出した。

彼が十三歳の時に婚約したが、シャルロットは離宮に来るまでの間このような二人の交流らしきことはしてこなかった。

（……意識して、そうしなかったとでも言いたいの？）

結婚するまでに互いを知るため、二人でお茶をしたり話したりするのは一般的だ。

シャルロットは、ある考えが浮かんで胸がずぐりと痛んだ。

（それとも――そんなに、私がお嫌なの？）

ほとんど知らない他人みたいなもの。政略結婚の夫婦として、うわべだけでもうまくやっていこうと彼は言いたいのか。

「君は、俺が嫌いか？」

クラウディオが、ティーカップをテーブルへ戻し静かに見つめ返してきた。

質問の内容に動揺した。胸が、一層苦しくなった。

「嫌っているのは、あなた様では？」

肺いっぱいになった苦しさを少し吐き出すように、シャルロットはそんなことを聞いてしまった。

すると彼が、眉間に悩ましそうな皺を少し入れた。顔を撫でながら、テーブル側へと視線を泳がせる。

「…………嫌ったことなど、ないが」

ぽつり、と、彼の手の内側からそんな小さな声が聞こえた。

たった、一言だ。

けれどそのたった一言が、シャルロットの心を大きく揺らした。彼女はそれを耳にした瞬間、バラの香りが一気に胸に吹き込んでくるような衝撃を受けた。

（ああ、だめ――こんなにも、嬉しいなんて）

嫌われては、いなかった。

これまで抑え込んでいた気持ちが、嵐のように胸へと溢れた。長い年月、彼との間にあった溝が溶けていく。

――この人が、好き。

ゲームで悪役令嬢に決して向けられることがなかった彼の、エリサがいつも見ていた誠実なさまが、シャルロットを恋に落としてしまったのだ。

愛されることはないのに、愛して欲しいと願ってしまう。

嫌いでないのなら、ほんの少しでもいいから好きになって、と――。

「夜にも、会っていいだろうか」

「えっ？」

クラウディオの言葉に驚いた。彼はシャルロットの手の甲に、そっと自分の手を重ねて目を覗き込んでくる。

「俺も夜まで執務が入っている。だが、もし早めに上がれそうだったら……明後日《あさって》か、明々後日《しあさって》にでも、君のもとへ訪れたいと思っている」

彼のブルーサファイアのような瞳に、シャルロットが一心に映し出されていた。

もしかしたら日中に時間が取れないので、引き続き話したいだけかもしれない。

輿入れ先での〝訪れ〟の意味をシャルロットも知っていたが、夜伽を望まれている事実を咄嗟に頭で否定しようとした。

だが、察した彼が、シャルロットの婚約指輪に強く唇をつけてきた。

「あっ……」

それは、挨拶をするような軽いものではなかった。強さからも情熱を孕《はら》んでいることを伝えてきた。

キスをした彼が、そこからじっと見つめてきた。

その澄んだ青い瞳には熱が宿っていて、シャルロットは胸が熱く震える。

「シャルロット・モルドワズ嬢。夜、君の寝室に訪れる許可をいただきたい」

鼓動がうるさいくらいに高鳴った。取られた手も、熱い。強く求めるような彼の手を振り払えるはずもなく――。

「は、はい。その時を……お待ちしております」

彼女は真っ赤な顔でどうにかそう答えた。

◆◆◆

彼は忙しいようだし再会は数日後になるだろう。

シャルロットはそう思っていたのだが、クラウディオが口にしていた最短の『明後日』に、その知らせが届いた。

「今夜、殿下がいらっしゃいます」

午前中の妃授業を一つ終えた時、そう侍女に告げられて驚いた。

「わ、分かりました」

「楽しみでございますわね。早めに訪れられるとのことですので、それに合わせて前倒しで夕食を済ませてしまいましょう。それから午後にはしっかり肌を磨き上げて――」

「今のうちに下着とナイトドレスもお選びいたしましょう。殿下の訪れなんて、嬉しいことですわ」

彼に見せる下着、と考えシャルロットは耳まで朱に染めた。

迎える寝室を侍女たちが整え、休憩の合間にナイトドレスを選び、慌ただしく午後を迎えていた。

最後の妃教育が終わったのち、早めの夕食まで済ませて湯浴みとなった。

肌の手入れまで丹念にされた。あっという間に夕刻の空は夜へと塗り替わり、シャルロットは寝室のソファで訪れを待つことになった。

（……失礼にならないかしら？　この衣装でいいの？）

心臓がうるさいほど鳴っていて、紅茶にさえ手をつけられない。

王太子の訪問があるというのに、薄いナイトドレスにガウンを羽織っただけの姿はこころもとない。

コルセットなどで締めつけられていないため、シャルロットが少し見下ろせば、豊かな胸がふっくらと主張していて重みでいつもより丸い形を作っている。

（こんな格好で殿方の前に出るなんて）

まるで誘惑するような格好に思えて、彼女は一層落ち着かなかった。

シャルロットも、王宮で夜に王子が訪れる意味は知っている。

それなのに『はい』と答えてしまったのは、――彼の気持ちが、少しは自分に向いてくれているのではないかと期待してしまったからだ。

（妊娠の可能性を少しでも減らすのなら、してはいけない……）

その兆候がないことは離宮に入ってしばらくして、シャルロット自身も確認していた。このまま彼との間で何もなければ、婚約を取りやめられる可能性だってある。彼はエリサと想い合っているはずで――。

それなのに、胸から溢れ続けてくる想いが心をかき乱した。

今日までを過ごした彼に、今、シャルロットは触れられたいと思っている。

ここで夜伽をすることになったらと考えると、彼を受け入れた下腹部がきゅんっと甘く収縮した。

望んではいけないのだと思うほど腹の奥から切なさが込み上げて、どうにかなってしまいそうになる。

その時、ノックの音がしてどきっとした。

「いいだろうか」

クラウディオの声が扉越しにかかる。

「も、もちろんです。少しお待ちになって」

侍女は室内から出ていた。シャルロットは立ち上がった際にズレたガウンを直し、慌てて向かう。

扉を開けると、消灯された廊下に、明かりを持った騎士たちを連れたクラウディオの姿があった。

彼も湯浴みを済ませたあとのようだ。首回りが少し楽にされた白いシャツに、ズボンというシンプルな格好もよく似合っていた。

普段かっちりと着込んでいる彼の、初めて見る軽装にシャルロットはどきどきしてしまった。整髪剤がつけられていない銀髪も新鮮で、薄着からはクラウディオの引き締まった肉体も見て取れた。

クラウディオもまた、シャルロットを見て少し驚いたみたいだった。

少し固まっていたがハッと動き、後ろの護衛騎士たちに指示する。

「お前たちは、俺が許可するまで扉の前から離れていろ」

「はっ」

クラウディオが入室すると、外から扉が閉められた。

「お、お疲れ様でございました。今、紅茶をお淹れいたしますね」

二人きりになった状況に緊張を覚え、シャルロットは笑顔で誤魔化して教えられた作法通り、まずは彼をソファへと案内した。

その隣に腰を下ろし、彼の分にと用意されていたティーカップに紅茶を注ぐ。

隣からじっと見つめてくる彼の視線を感じて、こぼさないか心配したものの、なんとか問題なく紅茶を出せた。

「それではいただこう」

彼がティーカップを持ち上げた。

「シャルロット、気を楽にしていい。他に、人の目はない」

「は、はい」

シャルロットも緊張で渇いた喉を紅茶で潤した。

（そもそも、本当に彼はするつもりなのかしら？）

どきどきしてそんなことを考えた。訪問した彼の様子を見ていると、とてもではないが二人の間にそういう空気はないように思える。

「もう、飲めたか？」

「えっ？　あ、はいっ、もう十分飲みましたわ」

つい、ぼうっとしてティーカップを持ったまま動くのを忘れていた。

シャルロットは、それを慌ててテーブルに戻した。焦りすぎてティーカップに指がつんっと引っかかって、ぐらりと傾く。

クラウディオが長い腕を伸ばし、難なく上から押さえた。

「あっ、ごめんなさい。ありがとうございます」

ティーカップの位置くらい自分で整えようと思って、手を伸ばす。するとシャルロットのその手を、彼が上からそっと握った。

「殿下……？　あっ」

不思議に思って見つめ返した途端、クラウディオがシャルロットの手を引き寄せ、指先に唇を押しつけた。

彼はそのまま、指を舐めた。てのひらにも口づけていく。

室内の空気が、一気に変わったのを感じた。

「手を引っ込めないということは――俺が訪れる意味を知って、受け入れていると取っても？」

シャルロットがどきどきしながら見つめていると、彼の視線が戻ってきた。

美しいサファイアの目は、夜の寝室でも不思議と明るいブルーの輝きを放っていた。強い眼差しに鼓動が速まっていく。

「は、はい……」

恥ずかしくて視線を落とすと、クラウディオに頬を撫でられた。

どきどきしている間にも、そっと引き寄せられ、目の横や耳の下にもキスをされる。

「んっ……ぁ……」

彼が触れていくたびに心地よくて、ぴくんっと身体が反応してしまう。好きという心が態度に出てしまわないか心配になった。

「シャルロット、視線を」

「は、恥ずかしくて」

「何も後ろめたいことなどないのに？」

首筋にしっとり彼の唇を押しつけられ、強く吸われて背が甘く震えた。

「んんっ、……殿下……」

「クラウディオ、と」

夜伽なのに、名前を呼ばないのはあまりに風情がない。

そう彼は言いたいのかもしれない。シャルロットも、確かにそうだと熱にぼうっとなった頭で思った。

（それなら……）

今だけ。そう自分に言い聞かせて震える唇を、開く。

「……クラウディオ様」

名前を声に出したら、心が震えた。

（ああ、あなたが好き）

触れられて熱がどんどん込み上げてくるのは、後ろめたくなどない彼への恋心ゆえなのだと、シャルロットは悟った。

口にできない想いを込めて見つめると、クラウディオが先程より余裕のない手でガウンの中へ手を入れた。それを脱がしながらシャルロットの鎖骨に吸いつく。

「んんっ」

「相変わらず敏感な身体だ。――シャルロット、俺の名を呼んでくれ」

乳房を、薄いナイトドレスの上から揉まれた。心地よくて首がのけぞる。

「クラウディオ様、あっ……クラウディオ、さ、ま」

彼の手が、シャルロットの柔らかな身体をまさぐってくる。

互いがどんどん熱を帯びていくのが分かった。彼の手がシャルロットのガウンをパサリと後ろに落とす。

「ベッドに移動しよう」

クラウディオが不意にシャルロットを抱き上げた。

軽々と抱き上げた彼のたくましい腕に、鼓動が速まる。しかも彼女の体重など感じないように彼は歩いた。

(彼の身体も、先程より熱いわ……)

つい、彼のシャツに手を添えたら、彼の腹筋がぴくりとはねるのを感じた。

「俺の身体に興味があるのか」

「あっ、急に触るなんて、申し訳ございませ――」

「構わない。君がそれだけ異性を知らないのだとも分かって、俺は……」

シャルロットは、どんな言葉が続くのか不思議に思って彼を見つめた。

だが、その時にはベッドに辿り着いてしまっていた。

彼に優しく横たえられた。クラウディオも乗ってきて、上にまたがられ、見下ろされて猛烈にどきどきしてきた。

「――シャルロット」

名前を呼ばれただけで心が甘く震えた。

彼の、その真っすぐなブルーの瞳に吸い込まれそうな気がした。

「夜伽をしてはいけない、ということはない。後ろめたくなど思わなくていい」

クラウディオが、緊張でもほぐすみたいにシャルロットの髪をすくい上げ、唇を押し当てた。

「そもそも俺の夜伽の相手は、君しかいない」

シャルロットは、以前とは違って怖さからの緊張など覚えてなかった。胸は、ただひたすら甘いときめきの振動を打ち続けていた。

(私しかいないと、そうおっしゃってくださった)

今は、それでいいと思った。

シャルロットは『彼に触れて欲しい』という気持ちに突き動かされ、恥じらいと、そして期待に潤んだ目で熱く見つめた。

彼への恋心は、この時も、どんどん育ち続けている。

「俺の名を、呼んでくれ」

それがきっと合図だ。彼を受け入れてもいいと、シャルロットに、返事の機会を与えてくれているのだ。

彼が熱に悩まされているというのなら、それを受け入れたい。

好きだから。愛して、いるから。

「……クラウディオ様。して、ください」

枕に赤茶色の髪を広げ、シャルロットは恥じらいながらも、口元に手をあててそう答えた。

自分の言葉の大胆さに頬を染めていると、彼の美しい顔が近づく。

シャルロットは抵抗せず、彼の唇を受け入れた。

「んっ……ふ、ン」

気のせいか、彼のキスは初めから少し余裕がなかった。

シャルロットの唇を求めて淫らに吸いつき、喘いで開いた口に舌を滑り込ませて快感を引き出していく。

クラウディオはキスをしながら、彼女のナイトドレス越しに身体をまさぐった。

「はぁっ――クラウディオ、さまぁ」

紐《ひも》の結び目が引っ張られ、あっさり解けてしまう。すると彼が唾液でナイトドレスを濡らし、つんっと立った乳首に吸いついた。

触れ合っている肌から、彼も興奮しているのが伝わってきた。

クラウディオは残り片方の乳房も揉みしだき、指で頂きをきゅっとつまんだ。

「硬くなっているのが分かるか。君のものは、まるで芸術品のような魅力で俺を誘う」

「そ、そんなことは、んんっ」

シャルロットは乳房に吸いつかれながら、片方を指で弾かれ、捏《こ》ね回《まわ》されて恥ずかしくてたまらない。

身体は彼に与えられる愛撫に反応して、次第に熱くなってきた。

まだ脱がされないでいるナイトドレスが太ももでこすれる感触も快感になってきて、シャルロットは身悶《みもだ》えしながら膝をこすり合わせた。

「君は――初心なのに、本当にいやらしい」

クラウディオが下腹部から足のつけ根まで撫でた。すり、すり、と上下に繰り返し撫でられてびくびくっと腰がはねる。

布越しに触れられただけで、シャルロットのそこは期待に甘く疼いた。

愛した人のものを受け入れたいと、内側がうねるのを彼女は感じた。

「撫でているだけで、気持ちよさそうだな?」

「あ、ぁ……クラウディオ様……」

そこがいやらしくもじゅんっと湿るのを感じた。

「だが、ここはまだ触らない」

彼の手が離れ、シャルロットは喪失感と切ない疼きに悩まされた。

「ど、どうして」

「その方がもっと気持ちいいのだと君に教える。——初めての時のように、君が痛がってしまって、次の夜伽を怖がられたくない」

え？　という声は、唇を重ねた彼の口の中へと消えた。

情熱的なキスに心も蕩けそうになった。次もあるのと、シャルロットはいけないのに喜びを覚えてしまう。

「んぅ、ん……ふぁっ……あ、ん……」

甘い吐息を聞いて、クラウディオがナイトドレスを乱しにかかった。

衣服を一気に下げ、むき出しにした肩と乳房に彼が手で触れていく。彼がシャルロットで興奮してくれているのが、何より嬉しかった。

（ああ、嬉しい）

ゲームのヒロイン、エリサと会っていた光景が脳裏に蘇る。

本来なら、こんな関係があってはいけない。だが——。

今だけは許してと、止められない情欲のまま、シャルロットはクラウディオの愛撫を受け入れた。

王太子妃候補として夜伽の相手をしている間だけは、彼を感じていられるから。

するとクラウディオが、開いたシャルロットの足をもっと押し開き、身体を入れてぐっと腰を押しつけた。

「あっ……」

魅惑的な甘い痺れが走り抜け、身体がびくびくっと反応する。

そのまま秘所を硬いものでこすりつけられると、先程手で触られたよりも強烈なじんじんとした熱が込み上げた。

「いいのか？　シャルロット。そろそろここにも刺激が欲しいか」

クラウディオは両脇に手をつき、ズボンの膨らんだ部分でそこをぐっぐっと押す。

彼の雄の姿はまだ見えないが、苦しそうなくらいズボンを押し上げている光景にシャルロットはどきどきした。

「あ……ほ、欲しい、です……こすれるだけで、気持ち、よくて……」

じんじんと熱を帯びたそこは、中がひくひくと蠢《うごめ》いてこのまま触れて欲しくてたまらなくなっていた。

「分かった。そうしよう」

クラウディオが彼女のナイトドレスを素早く脱がした。邪魔な布を下着一枚にすると、ズボンの突起をあて自身で上下にこする。

「あっ……あ……」

まだ挿入してもいないのに、それを思わせる光景はシャルロットの淫らな気持ちを一気に引き上げた。

（気持ちいい、どうして、とても、いいっ）

身悶えしていると、彼はシャルロットの反応を見ながら的確に刺激してきた。

軽く触れるように下着越しに撫で合わせたかと思えば、今度は引っ掻くように割れ目に沿って力強くじゅっじゅっとこすり合わせたりする。

「ああ、あ……はぁっ、あぁん……」

次第に、中がひくひくと震える感覚が強くなっていく。

甘い声が止まらなくなったシャルロットは、果てたくて一心に濡れた音を上げながら彼に身を委ね腰をこすりつけた。

だが、ふと、寝室の近くに護衛騎士たちも控えていることを思い出す。

聞かれてしまったらと思って、恥ずかしくなって口をつぐんだ。

「ひぅっ」

不意に、クラウディオが身体を少し倒した。彼のものがズボン越しに花芯を圧し潰してきて、強い快感にシャルロットは腰が飛んでいきそうになった。

「恥ずかしがらなくていい。もっと聞かせてくれ」

強くこすりながら、彼が覗き込んで口を指でこじ開ける。

「あっ、ふぅっ、んん、んぅっ」

彼の指でくちゅくちゅと舌を撫でられた。さらに力を入れて腰を揺らされ、シャルロットはたまらず瞳を潤ませた。

「んぅ！」

彼が、自由な手をシャルロットの下着の中へと潜らせた。

（あ、あ、直接……っ）

シャルロットのそこは、自分でも驚くほど濡れて柔らかくなっていた。布を隔ててこすれ合っていた性器の上の部分を、ぬちゅりと触れられて腰が震える。

「ああ、こんなにも濡らして……それほど欲していたのか？」

ぬるぬるとした蜜を彼が指に絡め、膨らんだ花芯や濡れたひだをいやらしく撫でる。

クラウディオの指を感じると、早く何かを締めつけたいと中がうねり、さらにとぷりと愛液をこぼす。

恥ずかしさのあまり、シャルロットは声をこらえようとして身悶えした。

「シャルロット、恥ずかしがらなくていいと俺は言った」

口から彼の指が抜ける。

「で、ですが」

「俺は、君に気持ちよくなって欲しい。教えてくれ――そろそろここも、とてもよくなっている頃だろう」

頭を撫でられたシャルロットは、きょとんとした直後に下着を剝ぎ取られた。恥ずかしさで頰がカッと熱を持ったが、彼は戸惑う暇も与えず、くぷりと秘裂の間へ指を進めてきて彼女はのけぞった。

「あああぁ……っ」

鋭い快感がうねる奥まで走り抜けて、蜜壺が一気に収縮した。

きゅうきゅうと締めつける中を、彼の指がちゅくちゅくと探るのも気持ちいい。

「あっ、あっ、クラウディオ、さ、ま……っ」

シャルロットは、初めてとはまるで違っていることにも驚いた。彼に膣壁をこすられると、甘美な快感でまた果てそうな気配がした。

「気持ちいいのか？　シャルロット、教えてくれ」

「きもち、いい……っ、あぁ……あっ……」

自分の声の甘ったるさに驚きながらも、よすぎて、腰が揺れるのが止まらない。

「なら、ここはどうだ？」

クラウディオの指が、もっと奥へと差し込まれた。

ぐちゅりと中をかき回されて蜜壺が熱くなる。彼はシャルロットがぶるっと震えた場所で止め、その膣壁を押してきた。

「あぁぁっ、そこ、あっあ、とんとんするの、だめぇっ」

振動が恐ろしいほど奥まで響いてきた。

膣道が強くきゅんきゅんと収縮した。クラウディオが蜜口の上の敏感な部分も優しく撫で、シャルロットは頭の中が白くなっていく。

「あ、ああ、だめぇ、果てちゃう、もう……イっ……！」

たまらず足を引きつらせ、ベッドの上で身体がびくびくっとはねる。

子宮が快感で震えるのを感じた。中が美味しそうに彼の指をきゅうきゅうに締めつけてしまう。

「あ……あぁ……締まるのも、気持ちいい……」

シャルロットは恍惚《こうこつ》とするほどの愉悦を覚えた。

柔肉のうねりは、愛する人のものを搾り取る尊い動きなのだ。果てたのに、奥がもっと切ない。

クラウディオがじっと動かないので、もどかしくなって腰を揺らした。

「……クラウディオ様……あっ……もっと、奥を……」

先程、とんとんとノックした場所よりも深いところを、と求めて勝手に下半身が動く。

「奥が、好きか。前にもまして感じられるようになっているみたいだ」

指が抜かれて、とぷりと愛液がこぼれ落ちる。

クラウディオに引き起こされた。力が入らない身体を抱き寄せられて、座って彼の上にまたがされる形になった。

「クラウディオ、様……？」

シャルロットは、二人の間の下側からがさごそという音が聞こえたので、とろんとした目を持ち上げる。

「それなら――もう、入れる」

彼に両手で少し持ち上げられ、直後真っすぐ落とされた。

大きなものがずちゅんっと中へと突き刺さった。

「ああっ……あっ……！」

クラウディオの大きな欲望が、奥までぴったり押し込まれている。

正面から向かい合って座らされたシャルロットは、自分の中で脈打つ彼自身の大きさに驚いた。

それが入っていること、それから痛みではなく強烈な快感に、今、目がちかちかしているのも信じられないでもいた。

「あ、あ……どうして」

奥でぴったりと触れ合っているのが、気持ちよくてたまらない。

「いいようでよかった」

クラウディオがシャルロットを抱き寄せ、ゆらゆらと腰を揺らした。

「あっ、あぁ……っ、これ、だめ……！」

こうして繋がっていると、最奥を彼の欲望にぐりぐりと刺激された。

たまらず目の前のクラウディオを抱き締める。中の反応を確かめた彼が、続いて下から突き上げ出した。

「あんっ、ん、クラウディオ様っ、ああ……っ」

「うねって、とてもいい」

彼が肩口に顔を埋め、もっと腰を揺らした。

「あんなに感じている姿を見せられては、我慢もできなくなった。許してくれ」

大きな手に後頭部を撫でられた。彼は喘ぐシャルロットの首筋を舐め、ちゅっちゅっと吸う。

その仕草に、シャルロットの胸がきゅんっと甘く高鳴った。

「きついか？　シャルロット」

「あっ、はぁっ、いえ、この姿勢、あん、んっ……一番奥まで、届いて……」

「一番奥で出したくて、こうした」

熱い吐息と共に告げられた言葉に、どきりとした。

「できれば、まずはこのまま一度したい」

まるで望みを告げるような声色でそう言われた。

彼も興奮しているのが分かった。話しかけながらも腰の揺れは速まり、奥を穿ってシャルロットの理性を奪おうとしてくる。

(こんなこと、いけないのに)

最奥に届くこの姿勢で子種を受け取るのは、危険だろう。

しかし――好きな人に求められるのが、嬉しい。どこか愛情を覚えるような交じり合いに感じて、シャルロットは彼の首の後ろに腕を回した。

「は、い。このまま、ください……我慢しないで……っ」

彼を、もっと感じたい。奥で果てたい。

シャルロットは高みに上らされていく快感に溺れた。彼と交わっていることを、もっと実感させて欲しい。

「シャルロット、……シャルロットっ」

クラウディオがシャルロットの尻を摑んで、激しく上下する。

耳元で聞こえる彼の喘ぎにも子宮が甘く震えた。同時に下から突き上げられると、脳芯まで甘く痺れるような悦楽が体中を回る。

「ああっ、クラウディオ様……っ、あんっ、あ、……クラウディオ様っ」

たまらず、愛しい人の名前を呼ぶ。

この姿勢は深く刺さるので、きついといえばきつい。

けれど、初めて交わった時と違って今、シャルロットはとてもどきどきしていた。愛する人と繋がっていることに心は満たされている。

「あっ、ん、気持ちいいの……あんっ、あ、いいっ」

ぞくぞくっと甘い震えが背を駆け上がっていく。

奥で快感が膨らむのを感じた。果てる予感をクラウディオも感じ取ったのか、シャルロットを強く抱き締めて律動をさらに速めた。

「あ、あ、イく、もうイくの、あぁっ、だめ――」

それを聞いた彼が「出すぞっ」と低く呻いて激しく奥を穿った。

ずしゅんっと膣奥を突き上げられると同時に、彼の腰がぶるっと震え、熱い飛沫を放たれた。

シャルロットは頭の中が真っ白になり、両手両足で彼の身体にしがみついた。

「あ……あ……っ」

全身が、達した余韻でぴくぴくっと震えている。

膣壁がうねって中の熱に吸いつく。それがどくどくと脈打ちながら、一番奥に注がれていくのを感じた。

（こんなに満たされる気持ちになるなんて……）

このまま終わってしまうのが悲しく感じ、じっとしていた。

クラウディオが彼女を優しく押し倒した。

横たえられて彼自身が引き抜かれる。二人の愛液と精液が混じった蜜が溢れ、媚肉がひくひくと喘いだ。

すると膝立ちになった彼が、勢いよく自分のシャツを脱ぎ捨てた。

「クラウディオ様……？」

不思議に思っていると、動かない身体を彼にひっくり返された。

腰を抱えられ、彼の方に突き出すみたいに上げさせられる。その姿勢に恥ずかしさを覚えた直後、彼のものが再びシャルロットのぬかるみをくぷりと押し開いた。

「あっ……あ、あぁ、だめ」

彼のものは時間をかけて奥を目指してきた。達して間もない膣壁をこすられていく感触に、ぞくぞくと悦楽が起こってシャルロットはシーツを握りしめた。

「進むごとに中がずっと痙攣しているな？」

「だめ、だめなの、さっきより気持ちがよくて……っ、変に、なっちゃう」

じっくりと与えられる快感に、足がばたばたと動く。

だが、そろそろ奥に届く、というところで彼が突然進むのを止めた。

「え、え？」

果てそうな感覚が徐々に迫っていたのに、急にやめられて戸惑う。

クラウディオが上体を少し傾け、美声を落としてきた。

「それなら、ゆっくり抜くのも君の好みかどうか確かめてみよう」

彼のものが、今度はゆっくりと隘路を後退し始めた。

膣壁を時間をかけて、大きくて太いそれが抜けていく感覚はまた独特だった。蜜壺がじーんっと甘く痺れ、目がちかちかした。

「あっ……あ……だめ……お、おねが……」

浅いところへと抜けていく彼の感触から起こる快感が、膣壁を駆け抜けてきゅんきゅんと子宮を収縮させた。

果てそうで果てない快感が奥にたまっていく。

（ここに今、突かれてしまったら……）

すると後ろから、クラウディオに彼が入っている部分を腹越しに撫でられた。シャルロットは突き出した尻をびくびくっとはねてしまった。

「ねだって吸いついてくるのが分かる。抜かれるのもいいみたいだな。もし今奥まで入れてみたら、どうなるかな？」

肩越しに見つめ返し、シャルロットは涙目で首を横に振った。

けれど彼が止まらないことは分かっていた。クラウディオは美しい唇を引き上げて、燃えるような目でぎらぎらとシャルロットを見据えている。

(――ああ、クラウディオ様)

胸の中で名前を呼んだら、愛おしさがたまらないほど胸に溢れた。

彼は、シャルロットが快感に悶えている様を見て興奮しているのだ。そしてこれから乱れることを想像して劣情を抱えている。

「くそっ、なんて表情で見るんだ……!」

次の瞬間、クラウディオが滾《たぎ》った欲望をずぷんっと突き立ててきた。

子宮口を強く押し上げられた瞬間、たまりにたまっていた快感が弾けて、絶頂感が一気に脳芯まで走り抜けた。

「あぁあぁっ!」

ぷしゅっと愛液が噴き出し、がくがくと下肢が震えた。

甘美な愉悦が指の先まで広がって、シーツを握る手が離れそうになる。

だが達している最中だというのに待ってくれず、クラウディオが後ろから抜き差しを始めてしまった。

「あんっ、あぁ……はぁっ、ん……っ、だめ、だめぇっ……」

この姿勢も深く刺さった。シャルロットはシーツに額をこすりつけ、ぶるっと腰を震わせる。

「くっ、一突きごとに、よく締まる……っ」

クラウディオが腰を抱え、ずちゅんっと勢いをつけて奥を穿った。

軽く達した気もするが分からなくなる。彼のものがじゅくじゅくと隘路を行き来するたび、気持ちよさが身体の芯まで響いた。

果てたばかりなのに、シャルロットは乱れた。かき回すように突き上げられて甘くねだるような声で啼《な》き、激しく突かれて尻を揺らして喘ぐ。

(好き、あなたが好き。もっと)

理性は官能の波に流れていった。

「あっあ、いいっ、クラウディオ様……っ、あぁん、はぁっ、きもち、いいっ」

彼が届くたび、奥も、そして心まで甘く痺れた。

「シャルロット……！」

クラウディオが太ももを摑んで引き寄せ、高みへと昇るようにシャルロットの最奥へ力強く何度も突き刺した。

好きな人に名前を呼ばれた瞬間、子宮がきゅんっと震えた。

「あっ――ふ、んぅっ」

驚くことに、それだけでシャルロットは達してしまっていた。

ぞくんっと背が震えてシーツを握りしめる。きゅうきゅうに締めつけていると彼が律動を速めた。

「ぐっ、俺も、出る……っ」

尻の形が変わるほど彼が腰を密着させ、奥に熱い欲望を放った。

たっぷり注がれるのを感じながら、シャルロットはその熱にたびたび甘くイった。突き上げた尻を時々ビクッとはねた。

(ああ、彼が私の中で、果ててくださった……)

彼も気持ちよくなってくれたことに、言葉にならない幸福感を覚えた。

これでもう終わると思っていたシャルロットは、ふと、腕を摑まれて引き起こされた。

後ろからクラウディオに抱き締められて支えられ、唇を奪われた。

「んんっ、ン、ん」

果てたあとのキスは気持ちよかった。うっとりしていると、中にあった彼のものが再び軽く突いてきてびっくりした。

(あ、だめ……もっと、気持ちよくなってきて……)

柔肉がひくひくっと吸いつく。彼はそれを感じ取るとちゅぷちゅぷと刺激しながら、シャルロットの花芽を撫でてきた。

腰が甘く痺れて、ベッドの上に立てた膝が小鹿みたいに震えた。

「んぁっ――はぁ、ああ、待って、クラウディオ様」

ベッドに横たえられた。クラウディオは残る下半身の衣類をすべて脱ぎ捨てると、シャルロットの片足を持ち上げて再び貫いた。

「あぁんっ」

あられもない声が口からこぼれる。そのまま突き上げを再開され、蜜壺がかっと熱を持った。

「ひんっ、あっ、ああっ、だめ……また、イってしまうわ……っ」

「いいようなので続ける。まだ、夜というには早い」

彼がシャルロットの足を抱え、腰を回して奥を強く穿った。

この体勢だと、彼の欲望が真っすぐ自分の中をかき回す様がよく見えた。

「ああ、あ、クラウディオ様っ、あ、あぁっ」

腰が蕩けそうなほどの快感に思考は塗り潰され、熱に流され、気づけばシャルロットもまた淫らに腰を振って彼を求めていた。

愛おしいから、火がつけばもうやめられない。

その夜は乱れに乱れて互いの熱を感じ合っていた。それは扉の外の護衛の存在を忘れるほどで、シャルロットは時間をかけて何度も彼の子種を注がれた。

六章　王太子と悪役令嬢

それから三日、続けてクラウディオの訪れがあった。

シャルロットは日中に様子を見に来た彼と言葉を交わし、そして夜に、再び来た彼と話をして、ベッドに入って繋がり——心地のいい疲労感に包まれて眠った。

もし子ができてしまったら、という不安を感じる暇なんてなかった。

『身体は大事ないか？』

離宮で初めて夜伽が行われた翌日も、彼はまるで子を宿す大事な身体だと気遣ってくれているみたいだった。

昼には優しさを、夜には愛を注がれてシャルロットはときめきが止まらなかった。

『明日の夜は来られないが——また、時間を作る。待っていてもらえるか？』

『はい……』

三日目の夜、中で果てた彼の温もりに幸福感を覚えながら、シャルロットはとろんとした目でそう答えてしまった。

続けて行為があったものだから、肌には多くのキスマークが散りばめられていた。

湯浴みの際に初めて気づいた時は、恥ずかしかったものだ。

しかし彼がつけてくれたものだと思うと胸が熱くなり、春の季節には少々厚めのスカーフを首に巻くのも苦ではない。

「仲睦《なかむつ》まじいようでようございますわ」

侍女たちも満足そうだった。

エリサのことを忘れたわけではない。けれどシャルロットが不安になる暇を与えないみたいに、彼は今日の日中も顔を出した。

「いいか？」

妃教育を受けている最中、クラウディオは赤とピンクの可愛い花束を届けにきた。

「煌びやかな宝石よりも、こちらの方が好きだろうと思って」

そろそろ花瓶の花を替えようと思っていた頃だった。

それを見越してのことだろう。もしくは、今夜は来られないから、少しでも自分の存在感を残しておこうと贈ってくれているのか――。

そんな期待に胸が甘く高鳴り、シャルロットは花束を抱き締めた。

「嬉しいです、……ありがとうございます」

「ん。喜んでもらえて、光栄だ」

クラウディオが視線を少し逃がし、照れたように頬を染めて唇をきゅっとした。

そんな初めての表情を前に、シャルロットも耳まで熱くなった。

(え、え？　彼、こんな表情もできるの？)

戸惑っていると、様子を見ていた女性の講師が「微笑ましいですわ」と言った。侍女たちも同感だと言わんばかりに感涙を流している。

夜伽の開始を周りも祝っているようだ。

シャルロットは離宮から出てはいないが、クラウディオが共寝をして離宮から出仕した話は初日で広まったと侍女たちから嬉しそうに聞かされた。その日から、貴族たちからの贈り物も届いている。

結婚して王太子妃になる道を、着実に固められている。

それを考えたところで、シャルロットは胸が苦しく締めつけられた。

(でも、彼にはゲームのヒロインがいるわけで……)

今、彼が見せている表情に裏があるのではと推測し、夢から一気に覚めさせられたような悲しさを覚えた。

ゲームのヒロイン、エリサ・ベイカー伯爵令嬢。

彼が彼女と一緒にいたのを、シャルロットは見ている。それなのにどうしてこんなことをしてくださるのですか、と心の中で問いかけた。

その時だった。クラウディオの視線が、シャルロットに戻る。

「シャルロット」

「はい、なんでしょう？」

「す……」

彼が、そこで言葉を詰まらせた。

待っている護衛騎士たちも、応援するみたいに見守る。

「……『す』？」

待ったが言葉がなくて、シャルロットは小首を傾げる。クラウディオが口元を手で覆って「なんでもない」と言った。

「数日、視察で王宮を空ける。戻れそうな時期が分かり次第に手紙を出す」

「分かりました」

手紙――嬉しいと感じて、シャルロットは微笑む。

それからその話し合いなのだという彼を扉まで見送った。けれど好きな人の出ていく後ろ姿を見て、またしても切なさが込み上げた。

（手紙は嬉しいわ、でも……書く時も、その心にはエリサ嬢がいるのでしょう？）

彼自身に確認したくなった。外では彼女を抱いているのか、これから自分と彼女の間であなたはどうするつもりなのか――。

でも、その背に問いかけることはできなかった。

尋ねたら、この短かった優しい時間もすべて終わってしまうだろう。

また、来て欲しい。顔を見せて欲しい……身体を重ね、一層彼を愛してしまったシャルロットは浅ましくもそう願ってしまった。

◆◆◆

シャルロットが侍女と勉強部屋に戻ったのを確認して、クラウディオは廊下の警備にあたっている護衛騎士に「引き続き頼むぞ」と低く声をかけた。

「承知しております」

彼らが緊張気味に頷く。

クラウディオは浅く頷き、彼らに応えた。同行していた護衛騎士を連れて廊下を歩きながら、続いて自分の騎士たちに確認する。

「エリサ伯爵令嬢のことは確認したか？」

「はい。引き続き人をつけています。また近くまでいらしているようで、アガレス隊長が直々に確認へ向かいました」

「そうか」

クラウディオは感情的な態度を隠せず、前髪をぐしゃりと掻《か》いた。

『多方面から話を持ち掛けられていたモルドワズ公爵に、無理を言って先にシャルロット嬢と婚約をさせたというのに、お前は……はぁ』

婚約破棄をシャルロットの口から出されたあの日、クラウディオは父である国王に心底呆《あき》れられた。それは彼自身よく分かっている。

シャルロットは、これまで周りが『うちの子には無理だ』、『わたくしには到底同じことなどできません……』と競争意識を折られてしまうほど優秀で、見本のような優等生ぶりで厳しい勉強もこなしてきた。

それでも、一度だってやめたいという態度を見せることさえなかった。

けれど偶然にも外で、女性と二人でいたのを見られた。

『婚約破棄してくれても全然いいので――』

シャルロットはあの日、クラウディオとの未来を、自分の中で完全に白紙にしてしまったようだ。

長年ブレることがなかった努力。それなのに一瞬で、彼女は王太子妃という地位を諦めた。彼は、まさかと思った。

しかし王の間に呼ばれた彼女は、婚約解消の提案を述べた。

それからぱたりと王宮に顔を出しに来なくなった。クラウディオは友人に無理を言ってつき合ってもらい、お忍びで社交の場に足を運んでみた。

するとﾞ、異性と笑い合っているシャルロットの姿があった。

これまでシャルロットは、クラウディオの婚約者であるからという理由で異性を近づかせなかった。

だからその姿を見て、彼女が自分を諦めたのだと嫌でも実感させられた。

そういえば公務の移動で馬車に乗っていた際、見かけたシャルロットは外を友人と歩いていて元気そうだった。婚約がなくなることも平気らしいと分かった。けれど、クラウディオは――。

「殿下、エリサ嬢のことはいかがされますか」

王宮に上がる前に、護衛騎士が声を潜めて素早く確認した。

クラウディオは、拳をぐっと握った。

「エリサ嬢には、数日は視察なので会えないと伝えるよう手配を」

「はっ」

「それから、シャルロットの前では絶対彼女の名前を口に出すな。彼女は引き続き離宮から出さないように――王宮に上がってエリサ嬢と鉢合わせるのは避けたい」

護衛騎士たちは「かしこまりました」と命令をしかと受理した。

◆◆◆

翌日の午後、妃教育が早く終わった。

「殿下と、次にお会いできる日が待ち遠しいですわね」

侍女に微笑みと共にそんな声をかけられ、時間も忘れて花を見つめてしまっていたと気づいて、シャルロットは顔が熱くなった。

紅茶を飲んでゆっくりしている彼女のテーブルには、立派な花瓶があった。

そこには咲き誇る、という表現がまさに合う様子で花が飾られていた。

昨日、侍女が気を利かせて大きな花瓶に変更してくれたのだ。より花束が映えるようにと、一緒になって離宮の備品室で選んだ。

少し、浮かれているのはシャルロットも自覚していた。

次、彼に会える日が待ち遠しい。思ってはいけない人なのに、また来てくれることを考えると胸が躍ってしまう。

(彼にはエリサ嬢がいるのに……私は、どんどん恋焦がれていくわ)

頭では分かっているのに、育つ恋心がシャルロットに彼の来訪を心待ちにさせた。

甘い胸の痛みに感嘆の息がもれる。

「そろそろ、書棚の本も移動しなければなりませんわね」

本も取らずにいることに気づき、勉強道具をしまっていた侍女の一人がある方向を見て、そう言った。

そこにあるのは書棚だった。シャルロットは日頃から本を読むのが好きで、読むペースも速い。毎日建物内にいるので読み終えるのも早かった。

「入れ替えてくださるというのなら嬉しいのですけれど……」

それを、自分がねだっていいのか心配になる。

王宮と離宮の距離を考えても、書棚一つ分の本を入れ替えるのは手間だろう。

「よろしければ、気晴らしに王宮へ上がってお好きな本を選びませんか？」

「えっ？　私がついていってもいいのですか？」

「殿下からも、室内の用品に関してはシャルロット様のお好きにされていいとご許可はいただいております。しばらくはずっと建物内でしたから、外の空気を吸うにも、よい機会かと」

まだ午後の二時だ。護衛騎士たちも、図書室の前まで同行するくらいなら嫌な顔をしないだろうと侍女たちは話した。

クラウディオが不在の間を、あまり感じさせないよう配慮してくれているのだろう。

実のところ私室にある本も全部読んでしまっていて、シャルロットも何か集中できるものが欲しかった。

ゲームではなかったはずのクラウディオとの結婚が進んでいること。ゲームの悪役令嬢と同じく、彼へと育っていく恋心。彼と逢引きしていたエリサの情報が入ってこない状態も精神的にきつかった。

（彼が何を考えているのか、エリサ嬢がどう思っているのか気になるわ……）

ゲームのようにクラウディオとエリサが恋をしているのなら、その邪魔者にはなりたくない。

そもそも婚約の続行についてエリサはどう思っているのか。それはクラウディオの決定とはいえ、婚約の解消をシャルロットが口にしたと言いふらしたあと、彼女がどうしているのか気になった。

彼が愛した令嬢だというのなら悲しい思いはさせたくない……人のいいシャルロットは、そう考え胸を痛める。

離宮では、エリサの話題一つ出てこない。

とはいえ彼には尋ねられず、ここにいては王宮の噂話《うわさばなし》一つ入ってこないし——どうしたらいいのか、分からない。

「シャルロット様のお好きなジャンルも、教えてくださると助かりますわ」

好きな本、と聞いて少し胸が軽くなる。

シャルロットは侍女たちの配慮を、有難く受け取ることにした。

王宮の図書室は、王都にある国立図書館に続く蔵書数を誇る。

侍女たちと中へ進んでみると、二階の吹き抜けの通路まで壁一面に高く書棚が設置されている圧巻の光景が目に飛び込んだ。

(ここに来るのは久しぶりだわ)

春に入る前、妃教育で王宮に通っていた頃にたびたび訪れていた。

勉強用の本と一緒に、毎回ご褒美のように読書用の本を一冊だけ借りたものだ。

護衛騎士たちが入り口に残り、シャルロットは好みを把握したいという侍女たちを連れて図書室内を進んだ。

いつもどの棚で選んでいるのかを説明し終えると、侍女たちは早速台車に集めていくと言った。

「お読みになりたいご本もございますでしょう。そちらも台車に載せますから、どうぞお選びくださいませ」

どんな本に心惹かれるのか参考にしたいと、侍女が一人そばに残った。

シャルロットは彼女に話しながら移動し、四冊を選んだ。一冊ずつが分厚いので、二人で二冊ずつ持てる計算だ。

台車を押していた侍女たちと合流し、それを預けた。

「それでは残る冊数分を集めてまいりますので、しばしお待ちくださいませ」

立場的には王太子妃候補だ。あまり歩かせられないのだろう。

それを考慮したうえで承知したのだが、図書室の中央にある閲覧席に向かうとますます気乗りしなくなる。

（視線もあって休めそうにないわ……）

隙あらば話しかけたいという貴族たちの視線を感じた。

王宮に上がるため着飾って、ドレスも少し窮屈だ。ここまで護衛騎士と侍女がつきっきりだったので、久しぶりに図書室の外の空気を吸いたくなった。

（少しだけなら……）

図書室は西側庭園と繋がっていて、そこにも扉が設けられていた。

貴族たちは優雅な散策を楽しみながら帰れるし、シャルロットも以前まではそちらを利用していた。

侍女の姿が見えないことを確認して、庭園側の扉を目指した。

「ああ、いい天気だわ」

白亜のお洒落《しゃれ》な扉を開けると、西側庭園へと続く並木道の景色が開けた。

そこから春の香りを宿した空気が流れてきて、その自由さに誘われるようにシャルロットは外へ足を踏み出した。

（なんだか、懐かしい気がする）

あの夜会から一ヶ月は経っていないはずだが、純潔ではなくなり、離宮での暮らしが始まり、恋をして――と濃い日々だったせいかもしれない。

少し外の空気を吸うだけだ。

扉からあまり離れてしまわないよう立ち止まり、深呼吸した。

晴天、そして並木道から流れてくる庭園の新鮮な緑の空気に心が和らぐ。

その時、後ろにあった扉が荒々しく開閉する音が聞こえた。

びっくりして振り返ったところで、シャルロットは続いて目を見開いた。そこにいたのは息を上げたエリサだった。

「あなたは……」

すんでのところで、慌てて『ゲームのヒロイン』という言葉を呑《の》み込《こ》んだ。

「こうして会うのは二度目ね。クラウディオ様の婚約者の、シャルロット公爵令嬢でしょ？」

エリサは周囲を素早く見て、それからシャルロットに堂々と向き、肩にかかった髪を後ろへと払いのけた。

栗色《くりいろ》の髪、体温が上がるとりんごの頬になる美少女だ。

けれど不似合いなほどその表情は険しく、雰囲気も何やらぴりぴりしていた。

「え、ええ、そうですわ」

自己紹介をしてさえいないのに、失礼にも一方的に名前呼びをされて驚く。それ以上に、彼女がクラウディオを名前呼びしていることにシャルロットは動揺した。

「あなたと話せる日を待っていたのよ。時間がないから率直に言うわ――クラウディオ様を解放して！」

エリサのきんきん響く声が、シャルロットの胸を突き刺した。

「彼に婚約破棄したくないと粘って、サインだってしていないんでしょうっ？　だからまだ婚約者のまま！　私たちの幸せを邪魔しないで！」

シャルロットはショックを受けた。

（ああ、やはり……）

彼の気持ちがエリサに向いていることは推測していたが、シャルロットと夜伽までしてくれた彼は、やはりエリサを愛しているのだ。

シャルロットはひとまず彼女を落ち着かせるためにも、自分はそんな粘ったりなどしていないし、彼からあなたのことは聞いていなかったのだと詫びた。

「この結婚は王家と公爵家のことで、わたくしの意思だけではどうすることも――」

「そんなの知らないわ！　あなたが婚約者でなくなればいい話じゃない！」

強い非難を浴びせられたのは初めてで怖くなった。

エリサがクラウディオとどのように話しているのかの説明もなく、よく分からない『書面にサインしろ』の主張を繰り返してきた。

愛する人と引き裂かれたつらさのせいだろうか。

婚約者でなくなるためには紙一枚の手続きではすまないのだが、今のエリサは聞く耳を持っていない様子だ。

今にも平手打ちがきそうな激昂《げきこう》にシャルロットは怯え、ひとまず彼女の興奮状態を落ち着かせることにした。そういったものを出されたらサインするつもりだ、と伝えたらようやく彼女はシャルロットを解放してくれた。

「婚約を破棄するとか言ってたのに、夜伽までして！　いやらしい子！」

エリサはそう吐き捨てて、西側庭園へと走り去っていった。


そのあと、どう戻ったのかよく覚えていない。

図書室で侍女たちと合流して、彼女たちと護衛騎士たちによって私室の棚の本が入れ替えられた。

好きな本ばかりが並んだ書棚。並べ方を指示して作業に参加させてもらったシャルロット自身も、そしてみんなも満足する出来栄えだった。

ある意味仕事が多かったので休みたいと言って、早々に部屋に一人にしてもらった。

頭の中にはずっと、エリサの嘆きのような大声がこびりついていた。

シャルロットは一人になれた時にようやく――落ち着いて泣くことができた。

（クラウディオ様は、やはり彼女を愛していた……）

扉の外の者たちに聞こえないよう、声を押し殺して嘆き悲しんだ。

苦しくて、悲しくて、つらかった。ここでようやくはっきりした事実は彼女の心をすっきりさせるどころか、勝手に期待をしてしまった心をずたずたに切り裂き、彼女の胸を痛いくらい切なく締めつけた。

（彼は私に婚約破棄を申し出るつもりでいたの？　その準備をしようとしていた？）

エリサの話からするとそのようだ。しかし夜会で再会した際、彼は結婚してもらうと言ってシャルロットを抱いた。

あの時、思い詰めたような真剣な顔をしていた。

何かあったのだろうか。事情があって、やむをえず結婚を進めることになった？

（それで私と結婚したあと、彼女と好きに愛を育むつもりで……？）

王太子妃の役目を果たしてもらうためだけに、自分は彼に嘘を吐かれ、気遣われ、いい婚約者同士を演じさせられているのだろうか。

分からない。混乱している。

それほどまでにシャルロットのショックは大きかった。

彼はエリサと心を通わせていた。失恋の痛みで死んでしまいそうだった。

前世と今世を含めて異性に憧れを抱いたのも、恋をしたのも、彼が初めてだったから。

◆◆◆

それから数日後、クラウディオから手紙が届いた。

侍女たちはそれを嬉しそうに渡してきたが、明日には戻れるという内容を見てシャルロットの心はさらに重くなった。

少し前までなら胸をときめかせたかもしれない。

でも、エリサにはもっと前に目途を伝えているのでは……と嫌な勘ぐりをしてしまった。

(手紙を書いてくれただけでも、有難いことなのに私ったら……)

そんなことを思った自分にも嫌な気持ちになった。

思いやる気持ちを忘れて、ゲームのシャルロット・モルドワズのように感情的な言葉などを投げて彼を傷つけるのだけは嫌だ。

その夜は、明日を迎える緊張で食事もあまり受けつけなかった。

翌朝、よほどひどい顔をしていたのか侍女たちが心配して、シャルロットは私室で朝食をとることとなった。

そして正午から少し経った頃、クラウディオが訪ねてきた。

「先程戻った。開けてもいいだろうか？」

彼は私室の扉を律儀にもノックして、入室の確認を取ってきた。

その声を聞いて、シャルロットは胸が激しく痛んだ。扉の前までそっと歩み寄り、この向こうにいるだろう彼を想像して指を滑らせた。

（ああ、ごめんなさい……）

朝もずっと考えていた。今の状況だとそうするのが正しいと思えて、シャルロットは婚約指輪をぎゅっと胸に抱いて、扉に背を向けた。

深呼吸をし、考えていた台詞《せりふ》を口にする。

「クラウディオ様は戻られたばかりでお疲れでしょう。どうぞ、王宮側でお休みをお取りくださいませ」

扉も開けずそう拒むことに、彼女は胸が苦しくて仕方がなかった。

（本当は、あなたの顔が見たいわ）

扉越しに彼の気配を感じて、一層胸が苦しい。

けれど自分と話しているこの瞬間も、その心にはエリサがいると思うと――今は、まだ、どうしても彼と顔を合わせられそうにない。

初めての恋心が、散ってしまった。

突きつけられたその現実を受け止めるまで時間が、欲しい。

シャルロットは無礼極まりないと怒りを買う覚悟で、彼からの返事を待った。するとクラウディオは、扉を開けようとはしなかった。

「……………分かった。気分が優れない様子だとは侍女にも報告を受けている。また、来る」

クラウディオが、離れていく。

その足音を扉越しに聞きながら、シャルロットは静かに泣いた。

追及せず、今はそっとしておいてくれるところに彼の優しさを感じた。そんなところも好きだと、胸は苦しいほど締めつけられた。

でも、あっさり了承したのも愛がないからでは?

エリサが相手だったらそうしなかったのでは——と、自分でも嫌になるくらい彼女と比べてしまう。

(きっと、見限られてしまった)

シャルロットは扉の前にうずくまり、声を押し殺して泣いた。

クラウディオは視察の仕事から戻ってすぐ足を運んでくれたのに、自分はひどい仕打ちのような対応を彼にしてしまった。

こんなつらい気持ちは、もう終わりにしたい。

彼に、彼女のことを確認してはっきりさせたい。私との結婚は王子としての義務だからなのか、と……けれど、できない。

シャルロットは、自分から今の彼との良好な関係に終止符を打つことなどできなかった。

（私が、できることは……）

涙を止める努力をしながら、一つ決心した。

シャルロットは使用人を呼ぶベルを鳴らし、侍女たちに入室許可を出した。

間もなくやってきた侍女たちは、目を腫らしたシャルロットを見て驚いた。何があったのかと聞かれたが、彼女は黙ったまま首を小さく横に振った。

そして彼女は、決意を胸に震える声で、妃教育を休みたいと初めて告げた。

我慢して結婚してやろうとしている結婚相手に、失礼な態度を取られたのだ。

規律や礼節を重んじる彼は腹を立てて、しばらくは来ないだろう――そうシャルロットは思っていた。

だが意外なことに、翌日もクラウディオは私室を訪ねてきた。

「何があったのか話してくれないか？」

彼は強引に開けようとせず、扉越しに落ち着いた声色でそう尋ねてきた。

シャルロットは彼の存在を感じて扉に手を添えた。この扉を取っ払って、今すぐすがりたい気持ちをぐっとこらえ、答える。

「……お話しすることは何もありません。少し、疲れてしまっただけです」

「元気がないと聞いた。食事はとれているのか？」

クラウディオは、しつこくない程度に優しい問いかけを数回続けた。そして「また来る」と言って去った。

その言葉通り次の日も、そしてその翌日も彼は足を運んできた。

シャルロットは扉越しの応答にも彼が持つ本来の優しさを感じ、彼との思い出として心に積もっていくのを感じた。

(顔を、見たい。お話したい……)

けれど、平然を装えるような仮面をまだ作れないのだ。

本来、彼がこうして足しげく通って気遣う相手は、シャルロットではなく、愛した女性であるエリサだろう。

それを思うと苦しく嫉妬し、そして傷ついて涙が浮かんだ。

(今の私は、お飾りの王太子妃にさえ相応しくない)

この状態では彼の前に出ることなんてできない。

政略結婚なのに、シャルロットは本当の愛をクラウディオに求めている。

「申し訳ございません。今は……少しの間、そっとしておいてくださいませ」

シャルロットは心を鬼にして、愛した人に、彼女なりのせいいっぱいの拒絶でしばらく来ないでというふうに告げた。


その翌日、クラウディオは来なかった。

侍女たちは『お忙しかったのかしら』と不思議そうに口にしていた。

二人の間に、静かに、徐々に入っている亀裂を察する者はまだいないみたいだ。

(来るのも、嫌になってしまわれたわよね)

シャルロットはほっとすると同時に、やはり胸が苦しくて仕方がなかった。

(このまま関係性が悪くなれば——結婚も無理になるはず)

自然と破局になってくれるように、もっと動かなければいけないだろうか。

そんなことをシャルロットは自虐的に考えた。彼と顔を合わせる資格もない。だからそのまま消え去るべきか、と……。

しかし翌朝、驚きの招待を受けることになった。

◆◆◆

午前十時、シャルロットは濃い赤茶色の髪のサイドを上げ、髪型もばっちり作って社交用ドレスと装身具で身を飾り、数人の侍女を連れて王宮の奥へと足を運んだ。

「こ、このたびはお招きいただき至極光栄に存じます」

呼ばれたのは、王妃の茶会だった。

二人きりのものだ。離宮入りの挨拶以来となった王妃は、緊張しまくっているシャルロットに朗らかな様子で笑いかける。

「わたくしたちの仲ですもの。二人きりの茶会なのだから、肩の力を抜いて、ね？」

「は、はい……」

彼女に促され、シャルロットは「失礼します」と言って白い円卓席に腰を落ち着けた。

ここは王宮の奥、王族専用区にある王妃の庭だ。

円卓席があるのは、その中央の屋根がついた憩いの席だった。そこからは石畳の通路が数本伸びていて、美しい庭園を存分に見回すことができた。

「急にごめんなさいね。あなたとは窮屈さ抜きで、女同士、世間話がしたくって」

王妃が手を叩くと、彼女の執事と専属侍女たちが茶会の世話を始める。

物々しい護衛は置かない場なのか、そばには騎士隊長であるアガレスが一人ついていた。

シャルロットの侍女と護衛騎士たちは見えない位置に下げられている。

「それで、離宮での暮らしはどう？」

「皆様には、大変よくしていただいております」

主催者である王妃が直々に紅茶をティーカップに注いでくれて、シャルロットは恐縮しつつ受け取った。

「確か、先日からお休みしているのよね」

王妃からさらりと投げられた声に、ぎくりとする。持ち上げたティーカップの中身がゆらりと揺れた。

妃教育の拒絶なんて、よくないことだ。

それを分かったうえで、シャルロットは休むことを侍女に告げた。

誰かが『王太子妃には相応しくない』と言って、自分を引きずり下ろしてくれるのではないかと期待して――。

「こ、このたびは、誠に申し訳ございませんでした」

涼しげに紅茶を飲む王妃に、息が詰まりながら詫びを述べた。

「ふふふ、いいのよ。あなたにとっては復習みたいなものだもの」

「え……?」

「そもそも今やっている〝確認作業〟が、あなたに必要だとわたくしは思えないのよねぇ」

「王妃陛下」

アガレスが口を挟んだ。

王妃は彼の方を見ないまま、シャルロットにまずは紅茶を飲むようにすすめた。彼女が慌てて飲むと「お菓子もぜひ食べて」と言う。

「時には休むことだって必要だわ。あなたは頑張り屋だから心配していたの。自分から休みが欲しいと言えたことは、わたくしには嬉しいことだわ」

「有難いお言葉です……」

この呼び出しが叱る目的なのかどうか考えると食欲は出なかったが、シャルロットは焼き菓子を一つ口に運んだ。

それを見た王妃が、満足そうに自分も手を伸ばした。

「わたくしはね、シャルロットちゃんを気に入っているの。努力家で優秀で、謙虚。それでいてこの魅力的な容姿でしょう？　そんな女性に『憧れている』と言ってもらえて、アガレスは誇らしいでしょうね」

王妃が、茶化《ちゃか》すようにアガレスへ視線を投げた。

「んぐっ」

アガレスの方から、不意打ちを食らったような声が上がった。

呼び出しの理由に気を取られていたが、シャルロットは彼とはぎこちない空気だったことを思い出した。

（アガレス様を護衛につけたのは、釘《くぎ》を刺すのが目的で……？）

シャルロットは緊張した。彼のために『嘘です』と言おうとしたが、クラウディオはまだエリサのことを秘密にしている。それが彼女を守るためだったのなら彼の母である王妃に打ち明けられない。

咄嗟に言葉に詰まったら、王妃が不意にウインクしてきた。

「アガレスは魅力的な男性ですものね。どんな若い女性だって〝咄嗟に〟頭に浮かぶくらいには憧れていると思うわ」

意味深な言い方をした王妃は、自分で切り出しておきながら、もうこの話は終わりだと言わんばかりに紅茶を飲んだ。

シャルロットは『咄嗟』という言葉を聞いて、茫然とした。

まさか、彼女は嘘だと見抜いているのだろうか。

王妃の横顔をじっと見つめるが、返答はない。とんでもない嘘だと追及する気配もなくて、彼女が答えるつもりがないのならシャルロットが尋ねることもできないし、礼節に従って同じく紅茶を口にするしかない。

「ほんと、可愛くて見ているだけで癒されるわねぇ」

その反応を実のところ観察していたようで、シャルロットの口がティーカップで塞がったところで王妃がにこにことしてそんなことを言った。

「ねぇスチュワート、うちの子は堅物だから、シャルロットちゃんとちょうどいいと思わない？　あの仏頂面も、彼女が並んでいたらきっと癒しになると思うのよ」

目を向けられた執事が「左様ですな」と答えた。

「私もよき組み合わせであると感じています。殿下にとっても癒しとなるでしょう」

気を紛らわせようとしてくれているのだろうか。

しかしシャルロットは、可愛いと評価した王妃と、癒しになると思わないかと確認されて同意した執事の会話に切なくなった。

(癒しになる女性は、私ではなくてエリサ嬢なの……)

悲しい顔を晒してしまわないよう、甘い砂糖菓子を口に入れた。

それはクラウディオからもらったものと同じだった。胸が苦しく締めつけられて俯く彼女に、王妃が小さく吐息をもらした。

「シャルロットちゃんには、実はうちの子も参っているみたいなの」

「えっ？」

「あなたが顔を見せてくれないほどの悪いことをしてしまったのか、考え込んでいるようだったわ。あの子がわたくしに話してくるなんて、珍しいわよ」

王妃は優しい微笑みでシャルロットを見つめてきた。

どうやらそれで呼び出したらしい。言葉にはされなかったが、クラウディオが何か気に障ることをしてしまったのか優しい目で語り掛けてくる。

「彼は……何も、悪くありません」

シャルロットは俯き、スカートを握った。

エリサは彼の運命の恋の相手なのだから、恋に落ちてしまうのは仕方がないことだ。

問題があったのは、王太子が望んだのに扉を開けなかったシャルロット。

「今言ったことを、あの子にそのまま伝えてあげるといいわ」

王妃が、シャルロットの手を優しくほぐしてそう言った。

「それだけでも安心するから。実は今週末にパーティーがあって、もうその件で色々と準備まで任せてしまっているから手紙にはなると思うけれど」

「パーティー、ですか……?」

近隣の数カ国の要人を招いているのが理由らしい。クラウディオが軍事協力の強化の件で担当している国々だという。

結婚予定相手のお披露目《ひろめ》も兼ねて、シャルロットも出席して欲しいのだとか。

「戻ってから体調がよくなかったみたいだから、あの子もそこに出席を頼んでいいのか悩んでいるみたいで」

「も、もちろん出席しますっ」

体調はもう大丈夫だとシャルロットが告げると、王妃が笑顔で手を合わせた。

「それはよかった。あの子に伝えておくから、今日にでも手紙が届くと思うわ。さっきの件も含めて、そこに返事をしてくれる？」

先程の王妃の『参っている』という言葉。それを思い返して戸惑いながらも、シャルロットは「はい」と答えた。


離宮に戻ったシャルロットは、妃教育がないので私室で過ごした。

（少しの間そっとしておいて欲しい、そう告げただけであの彼が参っていた？）

てっきり、不快に思われるだけだと考えていたので困惑した。

午後、だいぶ経った頃クラウディオから手紙が届いた。

それを持ってきたのは彼の騎士で、そろそろ替え時だろうと分かったのか彼から渡されたという淡い黄色の大きな花束も携えていた。

彼からの手紙は、心遣いが見える文章でパーティーの同伴出席を確認していた。

仕上げるまでに、何度も迷って書き直したことがうかがえた。

本来であれば自分は『訪れてもいい』というシャルロットの連絡を待って足を運ぶべきだったと、クラウディオは手紙の中で詫びてもいた。

（ああ、悪いのは私なのに……）

シャルロットは、あなたに悪いところは何もないと込み上げる気持ちのまま書いた。ただ、体調が少し優れなかったのだと。忙しいことは王妃に聞いていて、もし次に訪れることがあったのなら扉を開けると――。

そのあとで初めに書くべきだった用件の返答を思い出して、週末のパーティーへ同伴出席する承諾の返事も書いて騎士に持たせた。

手紙を見るに、彼の誠実さは本物だとも感じた。

けれどクラウディオは、婚約破棄をするとエリサに約束していたらしいし――。

(……わけが分からないわ)

しおれていた花瓶の花が、彼が新しく届けてくれた花束の花へと入れ替えられた。

シャルロットは私室に飾られたその花を眺め、数日後の週末に顔を合わせることになるクラウディオを思って、胸が甘く、苦く締めつけられた。

◆◆◆

週末、晴れた空が茜色《あかねいろ》へと変わった頃。

夕刻に開催が予定されていたパーティーに出席するため、シャルロットは銀色が散りばめられた美しいドレスを着て王宮へと上がった。

侍女と護衛たちに囲まれた彼女を、廊下にいた出席予定の貴族や、騎士や使用人たちも美しさにハッと息を呑んで見送った。

シャルロットのドレスは白銀で、スカート部分に装飾された『銀』も含め、一目で王太子クラウディオの髪の色だと分かる豪華なものだった。スカートは数種類の上質な布が使われて大きく膨らんでいる。

白も銀も、女性のドレスではメインの色として見ない組み合わせだった。

おかげで移動しながらも大注目を集めたが、シャルロットは、これから会う人のことでもっと緊張していた。

クラウディオと再会したのは、会場の大広間の関係者出入口前だった。

彼は銀色の髪をより映えさせる、深い紺色の礼装を着ていた。

首元の形のいいシャツの襟を見せる礼装は、裾が長くて、彼の高い身丈に似合っていた。その襟部分から覗くグレーのベストとの組み合わせまで好ましい。シャルロットの瞳を思わせるアメシストの宝石がついた装身具も、素敵に着こなしていた。

（ああ、こんなに素敵な人は――どこを探しても見つけられないわ）

彼とぴたりと視線が合った瞬間、甘く胸が高鳴って時間を忘れた。

シャルロットはあろうことか、彼の心がエリサに向いていると分かっていながら、ときめく心を抑えられなかった。

「元気そうでよかった」

クラウディオが、エスコートのため手を差し出してきた。

そこでシャルロットはハッと我に返った。見とれていたことを知られなかったか大変気にしつつ、白い手袋がされた彼の手に慌てて指先を乗せた。

「お、お心遣いに感謝いたします。体調も回復いたしました。素敵なドレスを手配いただきましたこともお礼申し上げます」

「いい、急だったからな。気分が悪くなったらすぐ言ってくれ。対応しよう」

見つめるクラウディオは落ち着いているが、社交辞令で形だけ述べている、という感じはまったくしなかった。

訪問したのに扉を開けなかったことの怒りはなく、やはりその目の奥には、シャルロットへの気遣いが見える気がした。

それを見てシャルロットは、胸が小さく切なさに締めつけられた。

けれどまずは、こうして彼といつものように言葉を交わせたことにほっとした。出入りしている王宮関係者たちの目にも印象は上々のようだ。

シャルロットは、彼にエスコートされて会場内へと入った。

そうすると、途端に個人的に言葉を交わせる暇などなくなる。

大勢の貴族たちに声をかけられた。次から次へ……と忙しかったが、シャルロットは気まずい時間を過ごさなくて済んだことに感謝した。

とはいえ、社交を開始してから密かに驚かされっぱなしではあった。

クラウディオは、積極的に貴族や要人たちとシャルロットを引き合わせた。

自分からもどんどん言葉を交わし、彼女が自分の婚約者であると、繰り返し貴族たちに紹介していく。

「彼女が王太子妃となったあとも、末永く頼む」

「もちろんでございます、王太子殿下」

「我が国はモルドワズ公爵家にも世話になっております、大公もお目にかかれることを楽しみに待っておられるようで――」

クラウディオは、まるで結婚前と思わせる穏やかな雰囲気を漂わせてにこやかに雑談も交えた。

（……彼はどうしてしまったの？）

彼の愛想がいい態度と、結婚のアピールにも戸惑った。

必要だからしているのだろう。ひとまず自分の役目は、立派に彼のパートナー役を務めることだ。

シャルロットは愛する人のために笑顔を作った。

以前、単身で社交の場に出た時とは違い、談笑も不思議なくらいこなせた。

隣に、クラウディオがいるからだろう。

（彼のために頑張っているから――）

そう考えると悲しくなりそうだった。

今は、目の前の社交をこなすことだけに集中しようと思った。けれどクラウディオが、心を固く閉ざそうとするたびに邪魔をした。

「疲れはないか？　今夜の君の魅力は、一層人を引き寄せるようだ」

女性たちが、周りでほぅっと羨むのが分かった。

やはり彼はぐっと優しい表情をするようになった。仕草だけでなく、言葉で婚約者を立てつつ気遣ってもくる。

(――これも、嘘なの？)

シャルロットは苦しくなった。

彼が、分からない。他に愛する人がいるのなら優しくしないでと、彼女の中の愛されたがっている心が天邪鬼《あまのじゃく》なことを言う。

ただただ切なくなって、うまく微笑み返せなかった。

「いえ……そんなことはありませんから……」

これ以上見つめ合っていると、仮面が崩れそうな予感がしてそっと視線をそらした。

その時、クラウディオの腕の力が強まった。

「騎士隊長が、君の理想なのだろう？」

不意に、耳元に唇を寄せられて囁かれた。シャルロットはそう言われて初めて、自分の視線の先に警備中のアガレスがいることに気づいた。

彼女がそちらを見たのは偶然だった。

そう伝えようとしたのだが、振り返った時には、クラウディオの顔が迫っていた。

（――え？）

そのまま彼に唇を奪われた。

腰に手が回って、口をしっかりと彼の唇で塞がれる。近くで目撃した貴族たちが「まぁ」とときめきの声をもらした。

そっとキスを解いて、クラウディオが近くから見つめてきた。

「……ど、どうして」

シャルロットは自分の唇に触れ、信じられない思いで彼を見つめ返す。

「見せつけるためだ――いや、俺がしたいだけでもある」

彼が、シャルロットの手を軽く摑まえて下ろさせた。腰に回した腕で彼女が逃げられないくらい引き寄せ、また唇を重ねた。

今度は重ね直すことを繰り返し、角度を変えてついばんでくる。

人前なのに心が甘く高鳴った。彼の舌がわざと唇をかすって、熱い夜を思い出してぞくんっと背が震えた。

「……んっ」

仲睦まじいようだと、周りからうっとりと囁かれるのが聞こえた。

こんなにも人がいる場で、キスをするなんていけないことだ。

（でも彼が、『したい』とおっしゃってくださった……）

理性と、恋情に胸が甘くかき乱される。

だがその時、シャルロットは警戒心を覚えるほどの強い視線にハッとした。

見守っている人々の間から、エリサの姿が見えた。

それを目に留めた一瞬後、シャルロットは慌てて両手で力いっぱいクラウディオを押し返していた。

「い、いけませんわ」

王太子を突っぱねた様子は、それまで感心がなかった人々の視線まで集めた。

なんだなんだとざわつく声が広がっていく。

シャルロットはクラウディオと目を合わせられず、そのまま頭を下げた。

「申し訳ございません。少し、休憩をいただきます」

周りに言い聞かせるためにもそう告げ、シャルロットは彼に背を向け、ドレスのスカートを持って一番近い廊下側の出入口を目指した。

シャルロットを目で追いかけていく貴族たちが、体調が回復されたばかりでお疲れになったのだろうと話している。

「少し出ます。風にあたるだけですから護衛はいりません」

シャルロットは扉を警備していた騎士に告げ、扉を開けてもらい、廊下へと出た。

そこは夜に包まれて、しんと静まり返っていた。

換気のために開けられた窓から、広い廊下へと風が入っていて、ひんやりとした空気を肌に感じた。

（必要な社交は済ませたから、このまま退場しても平気かも……）

シャルロットは閉められた扉を背に、足を止めて考える。

それなら先程の騎士のどちらかに頼んで、どこかで待機している自分の侍女と離宮の護衛騎士を呼んでもらおうか――。

その時、後ろから開閉音がした。

「シャルロットっ」

廊下に、会場内の眩しさが一瞬さっと差した。それが再び消えてしまった時には、後ろから手を掴まれていた。

「ク、クラウディオ様……」

驚いて振り返ると、そこにはクラウディオがいた。

少し肩で息をしている感じからすると、追い駆けてきたらしい。

「いけませんわ。あなた様が主役のようなものです。会場にお戻りにならないと」

「必要な者たちとの会話は済ませた」

彼は、作る理由がなくなったと言わんばかりににこやかな雰囲気を消していた。

シャルロットは、やはり〝演技〟だったのだと思って密かに傷つく。

彼の瞳にじっと映されていると、次第に一連の自分の行動を非難されているような気持ちになって委縮した。

「も、申し訳ございませんでした。必要があっての同伴でしたのに、勝手に辞退してしまい――」

「そのことならいい。俺も、休憩をするという君の意見には賛成だ」

それでは彼は、疲れたので少し休むことにしたのだろうか。

でも急ぎ追いかけてきたように見えたのだけれど……とシャルロットが疑問を思っていた時だった。

摑まれた手を、不意に、グッと彼の方へと引き寄せられた。

クラウディオに力強く抱き締められ、強引に唇を重ね合わされる。

「んぅっ、ん……んっ……」

後頭部を押さえ、彼の舌がぬるりと差し込まれた。それはすぐシャルロットの口内で淫らに動いてくる。

はっきりと分かるくらいの、官能的なキスだ。

驚いている間にも窓側へと移動され、扉の向かいの壁に身体を押しつけられていた。

抵抗しようとしたものの、舌を強く吸われてから力が抜けた。

クラウディオはシャルロットの下肢に足を割り入れると、キスをしながらつけ根をぐっと押してきた。

(だめ、だめ……)

そこが疼き、快感の熱が急速に体中を回っていくのを感じた。

クラウディオが胸と腹部をまさぐってきた。シャルロットはびっくりして、思わず渾身《こんしん》の力でキスから逃れた。

「い、いけません、こんなところで——ひゃっ」

彼が身体で押さえ込み、噛みつくように首筋へ吸いついた。

腰を撫《な》で回《まわ》され、割り入れられた足でドレス越しにぐりぐりとこすられて刺激されたシャルロットは、身体をびくびくとはねさせた。

(あ、ど、どうして)

身体の芯に、甘美な痺れをじーんっと感じた。

首を舐め、鎖骨へと吸いついた彼に低く囁かれて、下腹部がきゅんっとした。

「君の身体は、これだけでも俺に反応しているのに?」

シャルロットは自分の中心部が期待してひくひくと疼いていることを察し、恥ずかしさのあまり耳まで染めた。

好きな人に触られている。

そこは彼女の心を反映し、迎えたいとして早急に湿りを帯びようとしているのだ。

すると恥じらうシャルロットを見て、クラウディオが衝動に駆られたみたいに肌を愛撫してきた。

「あっ、待って」

彼がドレスの上から乳房を握った。つけ根の敏感な部分を足で押し上げながら、乳房を上下に揺らされて全身がカッと熱くなった。

「あっ……あ……」

快感が広がろうとするのを、理性で押し返そうとする。

先程、会場内で見たエリサの姿が脳裏をよぎった。こんなことをしてはだめだとシャルロットは思う。

けれど同時に、そう思うほどに身体は熱を帯びた。

願っても手に入らないのなら、彼女が見ていない今だけは許されたい、と――。

「酒も入れていないのに肌も色づいてきた。これで俺が欲しくないと言えるのか？」

彼の手が握って揺らしてくるせいで、ドレスの襟から今にも乳房がこぼれ出そうになっていた。そこにキスをされて視線を促されたシャルロットは、ハッとする。

（そういえば、彼は酒を口にされていたわ）

昔から、彼がつき合いで乾杯をして飲む姿は隣で見ていたし、顔色一つ変わらなかったから強いイメージがあった。

（でも、もしかして酔って、こんなことを……？）

酒のせいで熱を覚えているのだろうか。

「シャルロット、俺はもう我慢できない」

「え？　きゃっ」

一瞬、艶っぽい声で囁かれたかと思ったら、シャルロットはクラウディオに抱き上げられていた。

ぱっと視線を上げた瞬間、シャルロットの心臓がどくんっとはねた。酒のせいだろうか、彼の明るい青の瞳は、はっきりと分かるくらいに欲情の熱を宿している。

彼が、了承を問いかけたのだとはシャルロットにも分かった。

止めようと思えば、止められるはずだ。でも——クラウディオが抱き、そして向けてくれている熱に、シャルロットの胸はうるさいくらい高鳴っている。

「いいんだな？　それなら連れていく」

クラウディオがシャルロットを抱きかかえて歩き出す。

廊下を足早に進み、近くにあった個室の扉を開けた。

そこは備品室のようだった。テーブルクロスやシーツなどが左右の棚に置かれていて、その下には木箱に入ったナプキンも見られる。

「誰か来たら」

「今の時間は誰も来ない。鍵も、締めた」

いつの間にと思っている間にも、密室にした彼の目的が分かって、シャルロットの鼓動は早鐘を打つ。

奥の出窓の前で下ろされてすぐ、後ろから彼の身体が覆いかぶさってきた。

「あっ」

逃げ道を塞ぐように両サイドに彼の腕が置かれ、婚約指輪をした左手を上から握られ窓に押しつけられる。

「窓の前で、こんな格好……」

恥じらいを覚える。しかし愛する人の手が、そのまま興奮をぶつけてくるように片手でスカートをまさぐってきた。

酒で昂《たかぶ》っているのか、彼はたくし上げるとすぐ下着を探し当てた。

秘所を薄い布の上から刺激されて快感に襲われた。

「あっ……んぁっ……クラウディオ、さま……っ」

シャルロットは、窓に押しつけている彼の手をぎゅっと握り返した。

つい先程まで感じていたひくひくとした疼きが、直接そこを触ってきた彼の手で何倍にもなって戻ってくる。

「どんどん濡れていくのが分かるか？　敏感な君の身体は、もう気持ちよくなっているらしい」

そうじゃない。そう言えたらどんなにいいだろう、とシャルロットは思った。

（あなたが、好きだからです）

だから求められていることに身体が反応して、喜んでしまうのだ。

クラウディオは余裕がないのか、手を解くと両手で尻側のスカートをめくった。後ろから腰をぐっと押しつけられる。

（――あっ）

押しつけられた彼から、興奮している雄の脈動を感じた。

シャルロットは、これから彼がしようとしていることを考え、どきどきが増して指先まで震えてくる。

近くの大広間ではパーティーが行われている。

それなのにこんなところで、彼と秘め事をしていいのか躊躇いが生まれる。

「腰を、もっと上げてくれ」

くびれたウエストの左右に手を添え、彼が唇を寄せて囁く。

その吐息を肌に感じて、シャルロットは官能的な吐息をもらしてしまった。

酒で昂っているのなら、彼を楽にさせてあげたい。先程まで触れられていた身体の中心がきゅんきゅん疼き、彼女は誘われるようにして恥じらいながらも彼に尻を突き出す。

クラウディオが興奮したみたいにシャルロットの秘所に指をこすりつける。

「あっ、あ……あぁ……」

両手を使って花芯と割れ目を弄られ、甘い声が止まらなくなる。

けれど、これだけじゃ足りない。

シャルロットは自分で支えるように胸ごと両手を窓に押しつけ、尻をもっと彼に差し出し、淫らに腰を揺らした。

「君はっ、ほんとに……！」

クラウディオが、荒々しくシャルロットの下着を下ろした。

尻を押さえてすぐ、シャルロットの泉となったそこを熱いものが割り開いてきた。

「あっ……あ……っ」

愛しい人の、欲望だ。

昂ったそれがシャルロットの中へと先端を埋めると、隘路を押し開くようにクラウディオが一思いに貫いた。

「んやぁあああ……っ」

きついのに、シャルロットのそこは、愛する人のものだとすぐ理解したみたいに最奥まで迎え入れた。

クラウディオがすぐ腰を動かしてきた。出し入れされるたび、早急に愛液が溢れてくる。

「あっ……ん、あぁっ、……いいっ……」

一突きされるごとに、彼のそった部分が腹のすぐ後ろを押し上げて軽く達しそうになる。

(何これ、気持ち、いい)

愛撫も少しだけだったというのに、彼とのこの繋がりは心地よすぎた。

シャルロットの甘ったるい喘ぎにそれを感じたのか、クラウディオがぱちゅんっぱちゅんっと突き上げを激しくした。

「あっあっ、クラウディオ様、すぐ速くしてはっ、あぁん」

彼の手が前に回り、快感で熟れた花芽をくちゅくちゅと撫でた。シャルロットはかくかくと腰を振って彼自身を締めつけた。

「ああっ、あぁあん、だめぇ、このままだと、もう果てて……っ」

「君もいいんだろう？　イきたがって中が吸いついてくる。そら、もっと奥を強く突いてあげよう」

前を弄る手をそのままに、クラウディオが力いっぱい押し込んできた。

激しい快感が蜜壺から子宮まで広がった。シャルロットは絶頂感に打ち震えたが、彼は

引き続き突き上げ、蜜壺が甘く痺れる快感はどんどん上書きされていく。

「あ、あ、だめ、止まらないの、気持ちいいのが、終わらなくて、ああっ、あぁ」

「またイきそうなんだな。好きなだけ果てるといい。俺も、気持ちがいい」

耳元に唇を寄せられた瞬間、シャルロットはぶるっと身を震わせた。

「今、俺の声だけでイったのか？　可愛いなシャルロット」

睦言《むつごと》の台詞なのだろうか。けれど、それが確かに成功しているとシャルロットは思った。

低い声でぞくぞくし、また奥が軽く達したのを感じた。

クラウディオがもっと腰同士を密着させ、強く揺さぶった。子宮が熱く疼き、愛し合いを求めて思考が快楽に染まっていく。

「あっあっあ、奥が揺れるの、いいっ」

シャルロットは快感の涙を浮かべて喘いだ。

窓の向こうは夜の闇に包まれていた。茂った背の高い植物が置かれた細い道は、使用人や護衛が行き来する通路となっている。

いつ、パーティーの出席者が紛れ込むとも分からないのに、愛する人と果てたい気持ちでいっぱいだった。

「あんっ、あっ、ああ、クラウディオ様っ……あぁ、ああ、クラウディオ様ぁっ」

快楽に蕩け、好きな人の名前を焦がれる想いで呼んだ。

「くっ、そんな声で――シャルロットっ」

低い呻きと共に彼がめいっぱい奥を突き上げる。

「このまま出すからっ、今度は俺のもので……！」

「あっあ、あ、あぁイく、ああ、気持ち、いいっ、もうイってしま――あぁぁぁん！」

クラウディオが奥をぐりぐりと押し上げて白濁を吐き出した。

その熱に引き上げられるようにして膣奥で快感が頂点に達して弾けて、シャルロットもそのまま絶頂を迎えた。

搾り取るように蜜壺がうねり、注がれる熱を奥へと飲み込んでいく。

心地よさにうっとりとしていたシャルロットは、徐々に興奮が落ち着いていくと共に、切なくなった。

（ああ、私はなんていうことを……本当に、子ができてしまったら……）

そうなったら、別れてあげることはできなくなる。

じっとしていたクラウディオが、肩で息をしているシャルロットの顔に手を添え、優しく自分の方へと向かせた。

「君は、俺を受け入れてくれている。それなのになぜ拒もうとする？」

先程会場で、社交辞令に対して悲しい顔をしたこと。いい雰囲気でキスをしていたのに、突っぱねて目も合わさず去った――。

彼はシャルロットの感情も見ていたのだ。

覗き込む彼の目からも感じ、シャルロットは悲しさに襲われた。

愛している。彼が、好きなのだ。

(でもあなたにはエリサ嬢がいる。私は……だから、応えられない)

どうして優しくするの、だとか、必要な事情があって妃にするためだけに今は求めてくれているの、だとか色々な言葉が頭の中でごちゃごちゃになる。

それを言えず苦しくなって涙がこぼれたら、彼がハッと息を呑み、強く唇を奪ってきた。

「んんっ、んっ、ん」

シャルロットの下腹部に手を回して引き寄せ、彼が腰を振った。

激しさに下半身ががくがくと震えた。まるで『好きだ』と伝えるみたいに奥を突いてきて、否応なしに高みへと導かれる。

中で、彼がどんどん膨らむのを感じた。

射精するために腰を振っているのだと分かって、彼女は身を固くした。

「やっ、ら――はぁっ、はあ、あぁ、ああ、だめぇ」

顔をそむけたら、クラウディオが素早く自身を抜いた。

彼にひっくり返され、窓に背があたって正面からずぶりと挿《い》れ直《なお》された。思わず窓枠に手をついて支えたら、尻を抱えられ引き上げられる。

「あんっ、んっ、あ、あっ」

「シャルロット、俺にしがみついて」

あまりにも激しい突き上げに下肢がぶるぶると震えて、シャルロットは誘われるがまま愛しい人の背に腕を回した。

仕上げに向けて、クラウディオが腰を振り乱す。

シャルロットはたまらず両足で彼を挟んでしがみついた。

「あっあっあ、イく、よすぎてだめ、またイく、イく……っ」

容赦なく快感を与えられて中の収縮が短くなっていく。

「果てて、そのまま俺のを絞り取ってくれ」

かすれた低い声に導かれるようにしてシャルロットは達した。

そのまま彼のものに吸いついた次の瞬間、締めつけられたクラウディオは我慢せず彼女の中に欲望を吐き出した。

（ああ……クラウディオ様……）

彼はじっとして白濁をどくどくと注いでいく。

全身をぴくっぴくっとはねながらそれを飲み込んで、シャルロットは悦楽と切なさが混じった涙をこぼした。

七章　シャルロットの決意と、予想外の真実

翌朝、シャルロットは私室のソファでようやく一人になれたところで、情事があったけだるさに懺悔《ざんげ》のような溜息を細く吐き出した。

クラウディオに愛する人が他にいると分かっていながら、昨夜は彼を求めた。

二回目をされた時も、愛してくれた証を一番奥に注いで欲しい……そう思って自分から受け止めたようなものだった。

侍女たちは仲睦まじいと言わんばかりににこにことしていた。

今日はゆっくりなさっていてください――そう言われて私室に案内されたが、こんな関係があってはだめなのだ。

(このままでは、いけない)

パーティーに出席していたエリサへの罪悪感を思い、苦しくなった胸を抱えた。

あのあと、クラウディオはシャルロットを丁寧に清拭した。

『――すまなかった』

そう、一言詫び、彼に抱き上げられ離宮へと戻された。

あの謝罪は、もしかしたらシャルロットをあそこで抱いたことではなく、エリサへの後ろめたさだったのだろうか。

そう考え、シャルロットは切なくてたまらなくなった。

（エリサ嬢は……彼と幸せになるつもりでいたわ）

恐らくクラウディオは、エリサと愛の言葉を交わし『一緒に幸せになろう』と約束をしたのだろう。

シャルロットは、二人のためにも身を引かなければならない。

彼に、言わなければと彼女は別れの覚悟を決める。

婚約破棄をしてください、あなたは愛している女性を妻に迎えてください……そう、心を鬼にして彼に――。

「……ふっ、う……っ」

告げることを想像するだけで、張り裂けそうな胸の痛みに襲われた。

これから言おうとしていることを、どうか許して欲しいとシャルロットは思った。

愛しているからこそ、彼には幸せになってもらいたいのだ。

緊張してその時を待っていたら、その翌々日に唐突に機会は訪れた。

「先日は……すまなかった。身体はどうだ？」

訪ねてきたクラウディオを、私室の扉を開けて迎え入れた。

「ありがとうございます。何も、問題はございませんわ」

緊張気味だった彼が入室しながら、小さくほっと息をもらしたのをシャルロットは見た。

（やはりお酒の勢いでしてしまったことだった……？）

あのあとエリサと密かに合流して、彼女に、どこへ行っていたのかと言われたりしたのだろうか。

（いつもならこのあと、部屋の主の私が座る席へ案内する、のだけれど……）

今日は、そうしてあげることはできない。シャルロットはこれで最後になるかもしれない彼を、目に焼きつけるようにして見つめた。

護衛騎士たちは普段と違う様子だと感じたのか、廊下から心配そうに見守る。

喉元に緊張がせり上がって、どくどくと胸が早急に苦しくなる。シャルロットは密かに深呼吸をし、考えていた言葉で切り出す。

「婚約破棄には、私自身も何かサインしなければならないのでしょうか？」

できるだけ落ち着いた声を心掛けてそう言った。

クラウディオが分かりやすいくらい固まった。開いた扉の向こうで、護衛騎士たちがギョッとした。

「……何を、言っている？」

「もう、終わりにしましょう」

胸が張り裂けそうになってすぐ言葉を繋いだ。

「知っているんです。私との婚約を解消するお約束をされていたのでしょう？」

「シャルロット、いったい何を言って――」

クラウディオが狼狽《うろた》えるように手を伸ばしてきたが、シャルロットは素早く一歩身を引く。

「王の間で結婚を見直すことを提案した通りです。妃教育の再確認などよくしていただきましたが、私は王太子妃にはなれません。この婚約を破棄してください」

拒絶するように淡々と告げ、頭を下げた。

「そんなことは絶対にしない！」

直後、強く肩を摑まれた。カッとなった初めて聞く男性の大声に、シャルロットは怒りを宿したクラウディオの目を見て身が竦んだ。

「君は実質もう王太子妃だっ、先日も君を抱いた！　君だけが俺の結婚相手だ！」

抱いたのは、エリサも同じだろうに。

シャルロットは胸が嫉妬で焼け焦げそうになった。もう、こんな苦しいことは終わりにしたい。そんな思いで彼の手を振りほどこうとする。

「どうしてそう結婚にこだわるのですか！　私たちの婚約は両家が決めたもので、もう子供だった頃と違います！」

――あなたが、好き。

そんな悲鳴に胸が軋《きし》み、シャルロットは自分でもびっくりするくらい大きな声が出た。

覚悟がようやく決まって切り出せたのだ。こちらだってあとには引けない。

「私たちも今は相応しい結婚相手くらい自分で選べます！　白紙に戻した方がお互いのためでしょう⁉」

剣幕《けんまく》が聞こえたのだろう。アガレスと侍女たちも私室に駆けつけてきた。

「なぜ結婚をやめることにこだわるっ？　俺がいけないのか？　先日も、君を無理やり抱いたから――」

「あれは私も同意のうえでした！」

「それなら、なぜだ！」

「あなたを慕っているのが私ばかりだからですわ！」

好きな人と言い争っていることに耐えられなかった。つい、シャルロットの目から涙が一滴ぼろっとこぼれた。

それを見たクラウディオが、ゆるゆると目を見開く。

茫然としているみたいだった。シャルロットはますます傷ついた。

思わせぶりな態度を取ってきたのに、恋をさせて傷つけるとも考えていなかった彼に打ちひしがれた。

「……私だけが、あなたを……こんなにも好きだから……私には耐えられないの」

彼女のアメシストの目から、ぼろぼろと涙が流れていった。

クラウディオがハッと手を離し、慰めるように頭を撫でて指で涙を拭う。

「ど、どうしたんだ。いったいどういうことだ？」

「エリサ伯爵令嬢です」

名前を出した瞬間、彼が息を呑んだのが分かった。

（──ああ、やはり）

シャルロットは目を合わせられないまま、悲しみに声を震わせた。

「話して、私はあなたの妃には相応しくないのがよく分かりました。クラウディオ様は、あの子には愛を告げているのでしょう……？　私は一度だって、好きだと言われたことはないのに」

最後のは、醜い嫉妬だ。自分の浅ましさに嫌になる。

そこは言うべきではなかったと後悔したその時、両サイドから腕を強く摑まれてビクッとした。

「エリサ嬢と接触したのかっ？　だから身を引こうと？　いつ話した⁉」

クラウディオが怖い顔をして詰め寄った。

痛いくらい腕を握られて、シャルロットはショックを受けた。

(ああ、ゲーム通り、私が彼女にひどいことを言ったとでも心配を？)

彼は、目の前で泣いているシャルロットよりエリサを取ったのだ。

彼女の目に絶望が浮かんだ。すると侍女たちが、彼女を抱き締めクラウディオから引き離した。

「もうおやめください！」

そんな侍女たちの悲鳴のような懇願と共に、アガレスがクラウディオを止める。

「殿下っ、いけません抑えてください！」

「離せアガレスっ――」

「おやめなさい！　シャルロット様が怯えているのが分からないのですか！」

アガレスの怒声が響き渡った。

今にも殴り掛かりそうな剣幕で、シャルロットは驚いた。あのクラウディオが冷や水でも浴びせられたみたいに止まる。

クラウディオは、手に拳を作ってしばし黙り込んだ。

「……すまなかった、シャルロット」

間もなく、彼が侍女たちの腕の中にいるシャルロットに静かに詫びた。

「この件に関しては、また話そう。いったん失礼する」

彼がふいっと顔をそむけて、出ていく。

その後ろからアガレスが続いた。離れていく足音は、短く穏やかだった二人の生活の終わりを告げているように感じ、シャルロットは悲しくてまた泣いた。

◆◆◆

クラウディオに初めて厳しい表情を向けられたその日は、王宮の明かりがついて間もなく就寝となった。

彼の怒りを買ってしまったようで、食事も日中に私室で済ますことになった。

侍女も必要最低限にと立ち入りを制限され、今、寝室前は護衛騎士だけの物々しい場になっている。

『何か欲しいものがあれば呼んでください』

彼らは早々に侍女が下げられたことを思ってか、そう言った。

去る前に侍女たちは、湯浴み後のシャルロットに騎士への声掛けもできるくらいの室内衣装を着せてくれた。そしてお代わりつきで紅茶と水、夜の読書のお供に菓子、本も用意してくれていた。

だが読書なんてできる心境ではなく、シャルロットは窓の月明かりが差す机でぼんやりとしていた。

どんなふうに話がまとまっていくのか、正直想像もつかないでいる。

クラウディオの方で進めて、ある日再会と同時に終わりを聞かされるのか。それとも手続き関係のことを報告され、離宮をいつ出ていいと知らされるのか。

両親には、心から謝罪をしなければならないだろう。

それから……と考えるものの、胸が苦しくなってやはりまとまらない。

(クラウディオ様のあんな感情的な表情……初めて見たわ……)

それだけエリサを想っているのかと勘ぐって、心は激しく痛んだ。

覚悟を決めて結婚しようと思っていたから、カッとなったのだろうか。エリサを守るための行動だったとか。

もしくは、シャルロットに少なからず同情もあったのだろうか。

王太子に婚約破棄された令嬢、なんてかなりの不名誉だ。

(嫌いではない、とおっしゃっていた)

けれどそれは『好きになれない』の裏返しなのではないかと、ショックから嫌なふうに考えてしまう。

国のために共に政務を行う相手としては認めている。

けれど――彼にも、好きな女性と結婚したい願望くらいはあっただろう。

(愛なら、……仕方がないわ)

立派な王太子にならなければと、ずっと頑張ってきた彼。

シャルロットは、彼に幸せになってもらいたい。窓から見える小さな三日月に祈るように手を組んで、固く目を閉じた。

それから、どのくらいぼんやりと時を過ごしていただろうか。

不意に、くぐもった低い声と鈍い物音が耳に入った。

(騎士たちかしら……?)

何か用があるのだろうかと思って、何気なく振り返った。

だがシャルロットは、開いた扉から数人の覆面の男たちが入ってきたことに驚いた。

危機感を覚えてガタッと椅子を鳴らして立ち上がった瞬間、男の一人がシャルロットを摑まえて素早くタオルで口を塞いでいた。

「騒げば殺す」

野太い声に、彼女は震え上がってこくこくと頷く。

すると男たちの一人が、汗でしなった一枚の紙を開いて突きつけてきた。

「読め」

シャルロットは、ずいっと寄せられたそれを戸惑いながらも確認する。

【約束まで破るなんて、とんだ悪女め！】

汚い字でそう書き殴られていた。そして、そばにはメッセージを送った人物の名前が添えられている――『エリサ・ベイカーより』。

（え？　エリサ嬢？　ヒロインの？）

シャルロットは、彼女のものだとは思えない勉強不足すぎる文字にも、思考が停止するのを感じた。

いったい、これはどういうことなのだろうか。

すると「読んだな」と言って、男がシャルロットを乱暴な手つきで運び出そうとする。

「い、嫌っ、何――う」

驚いて暴れたが、すぐ別の男にタオルを顔の下に押しつけられた。

きつい香りと共に、視界がぐらりと揺れて目の前が真っ暗になった。

◆◆◆

通常だと、離れた場所での静かな異変など気づかれない。

だがそんなに間を置かず、王宮内に緊急を知らせる警告笛が鳴り響いた。

まだ明かりが一つも消灯されていないそこには、サロンなどを利用している貴族たちも大勢いた。

王家主催の会合が、まだ行われている最中だったからだ。

食事をしながらの王家に招待された者たちとの話し合いだ。出席した貴族の取り巻きもいるし、王太子にお目にかかりたい者や、羨ましがって少しでも縁ができないかと集まっている野次馬《やじうま》も――。

だが、よくある『肩の力を抜いての話し合い』ではないことは、本日追って王太子自身から知らせを受けた出席者たちだけが知っていた。

何事だと顔を出してくる貴族たちの前を、騎士たちと衛兵たちが駆け抜ける。

「離宮にて不法侵入者あり！」

「王太子妃候補の護衛部隊が負傷！　モルドワズ公爵令嬢は行方不明！」

「手が空いている者は力を貸してくれ！」

廊下でそれを耳にした者たちが、なんてことだとざわめいた。

サロンでゆっくりしていたマントを着けた軍人が、素早く彼らに合流する。

間もなく、大事件を、わざわざ派手に伝えながら移動していた男たちが大広間に辿り着く。

入ると、長テーブルの正面奥に座ったクラウディオと目が合う。

そこは会合というより、軽食つきの会談場のように裁判官や高官まで出席していた。

「状況を報告せよ」

言いながらクラウディオが立ち上がり、アガレスから白の鞘《さや》に装飾が施された王太子の美しい剣を受け取る。

心構えでもあったかのように、軍人たちが雰囲気を引き締め預けていた剣を返してもらう。雰囲気はぴりぴりとしていたが落ち着いていた。

貴族の男たちは戸惑いながらも立ち上がった。やってきた騎士たちの報告から、死傷者はゼロだと聞いて半ばほっとしている。

「すぐに捜索チームを。指揮は私が執る」

ぎしりと剣の鞘を強く握ったクラウディオが、大広間を出る。

そこにアガレスや軍人たち、出席していた者たちもすべて続いた。歩きながら早急に話は固まっていく――。

◆◆◆

シャルロットは、不意に冷たい地面に転がされるのを感じた。

「うっ……ここは？」

重い瞼《まぶた》をどうにか開けて、ぐらつく頭を少し動かす。

高い窓からは月明かりが注ぎ、中央はだだっ広く開けていて、周囲には包まれて出荷待ちの荷らしき大きな商品が積み上げられている。

前世の記憶を思い返すに、どこかの大きな倉庫だ。

高い天井と周囲の棚に設置されている明かりで、内部はよく見えた。

「意識は戻っただろ。起きろ、手間をかけさせるな」

また野太い声が聞こえた。

シャルロットはわけが分からないまま、どうにかぐらつきながらも上体を起こし、座り込んだ。

すると、声がした方には顔の下を黒い布で覆った男たちがいた。

そして彼らの前には——腕を組んで睨みつけているエリサの姿があった。

「私の言うことを聞かないからこうなるんだ。あんたが悪いんだよ」

ひたりと視線が合った瞬間、吐き捨てるような表情で、伯爵令嬢とは思えない品の悪い言い方をされてシャルロットは唖然とした。

この世界で、そんな言葉遣いには彼女は縁がなかった。

そもそもゲームで知っている『主人公のエリサ・ベイカー』とは違いすぎる。

「どうして、こんなことを……？」

まだ身体は力が入ってくれそうにないが、徐々に意識がはっきりして、混乱が戻ってくるのを感じた。

するとエリサが腕を解き、両手に力を入れて叫ぶ。

「私も王太子を落としたいのよ！　あんたが婚約者だと邪魔なの！　だからこの可愛い私が誘っても、クラウディオ様はなびいてもくれないんだ！」

シャルロットは驚いた。先日の口ぶりからてっきり恋仲なのかと思ったのだが、違ったのだ。

なんの関係もないのにクラウディオを名前呼びしていることへの常識知らずさに、今になってゾッとする。

エリサは『婚約者がいても可愛いから自分の方を愛してくれるのは当然』、『国で一番権力を持っていて〝一番かっこいいから〟彼の奥さんになりたい』――と意見を主張してきた。まるで常軌を逸している。

「あんたがいなかったら、クラウディオ様も私を選んでくれるの！」

ぐいっと髪を引っ張られ「痛いっ」と口から声が出た。

シャルロットは無理やり顔を上げさせられ、鬼のような形相をしているエリサに書面を突きつけられた。

「薬も半分切れてもう見えるだろ！　これが代理の委任状と書面だ！　サインしろ！　サインしろっ‼」

それは、白い紙に手書きで作られた落書きと呼べる代物だった。

シャルロットは話が通じない恐ろしさに震えた。喚《わめ》き立《た》てられ、恐怖に喉が強張っていると、不意に静かになる。

「何よ、やっぱりする気なんてないんじゃない。そう思って〝初めから用意〟しといてよかったわ」

「え……？」

エリサが目をいやらしく細める。嫌な予感がした。

彼女が背を起こし、合図すると、男たちが待ってましたと言わんばかりに目をギラギラとさせて近寄ってきた。

「この前、パーティーを抜け出して廊下でもクラウディオ様とイイコトして楽しんでいたんだし、いまさら純情ぶらないわよね？」

「ま、まさか……」

「複数を相手にして何十回も出されたら、もう誰の子か分からないでしょ」

とんでもなく恐ろしいことを言われた。エリサが腕を組んで少し下がり、男たちが期待に声を弾ませて近づいてくる。

シャルロットは、舐《な》め回《まわ》し値踏みするような視線に嫌悪感が走った。

（嫌――他の誰にも、触られたくない）

今すぐ逃げ出したいのに、薬のせいか立ち上がることすらできない。

絶望に震え、伸ばす男の手に涙を浮かべた――その時だった。

「それを俺がさせると思うのか！」

扉が開く音。そして同時に飛び込んできた一つの声が、シャルロットの絶望を一瞬にして払いのけた。

入り口から騎士たちが一気になだれ込んできた。

その先頭にいたのは、クラウディオだ。

男たちが逃げ出そうとしたが、クラウディオが先頭を駆けて王太子の剣で素早く斬り伏せた。

「うぎゃあ！」

シャルロットは、物騒な光景に口を手で押さえた。

他の男たちの逃走を、アガレスが騎士たちと剣で阻止する。

「よくもやってくれたな、エリサ・ベイカー」

クラウディオが、真っすぐ睨みつけた。

「貴殿を、王太子妃候補シャルロット・モルドワズ公爵令嬢の誘拐、及び暴行の現行犯、それに加えて強姦《ごうかん》計画で拘束する――アガレス！」

鋭い声で指示を受けたアガレスが「はっ」と答え、部下たちに、一気にかかれと命令を

出した。

騎士たちが制圧に乗り出した。エリサと男たちをあっという間に押さえていく中で、クラウディオがシャルロットに駆け寄った。

「無事かっ？」

片膝をついた彼が、乱れた髪を直しながら怪我《けが》がないか確認する。

「え、ええ、少し引っ張られただけですわ……」

「力が入らないのか？　無理をするな」

様子を見たクラウディオが、立ち上がろうと地面についたシャルロットの手を取り、肩を抱いて立ち上がらせた。ふらつく身体を支えてくれる。

「お、お前はなんてことをっ！」

そう悲鳴を響かせたのは、ベイカー伯爵だった。

突入してきたのは、クラウディオたちだけではなかった。他にもシャルロットの父であるモルドワズ公爵や、見覚えがある国王側近や、明らかに軍人籍ではなさそうな貴族や文官の姿もあった。

拘束されたエリサが、気づき、目を見開く。

「なっ、どうして父様たちがいるのよっ。ちょうどいいわ父様、こいつに痛いって言ってやって！　私を地面に押さえつけるなんてサイテーの騎士よ！　ありえない！」

「もう黙りなさいエリサっ。ああっ、お前はどうしてそう……！」

呻いて手に顔を押しつけるベイカー伯爵を、モルドワズ公爵が労わる。

「なんでシャルロット嬢の父親と仲がいいわけ⁉　意味分かんないっ」

騒ぐ彼女へ視線を引っ張られていた全員が、眉を顰《ひそ》めた。

「俺が会合中だという予定だけを見ての決行は、浅はかだったな」

クラウディオがシャルロットをかばうように抱き締め、エリサに向かって最終通達をするように低い声を出した。

「同席していた君の父だけでなく、国王側近、最高裁判官も引っ張ってきた。全員が君のやりとりを聞いている。もう言い逃れはできないぞ」

そこでようやくことの大きさを実感したのか、エリサが血の気を引かせた。

「ク、クラウディオ様っ、私はっ」

「名前を呼ぶことを許可した覚えはない。そして喋《しゃべ》るな、君と話すと吐き気がする」

クラウディオがエリサを冷たく一瞥《いちべつ》した。

「エリサ・ベイカー伯爵令嬢、これまでシャルロットに対する組織的な悪評行為、未遂の嫌がらせの数々についても法廷で言及させていただく——連れていけ」

彼の言葉で騎士たちが動き出す。

シャルロットは、いったいどういうことだろうと思って一層ぽかんとしてしまった。

（それ、まるで悪役令嬢への断罪の言葉だわ……）

するとと、見守っていた側近たちが途端にシャルロットへと駆け寄った。

「おおシャルロット様っ、ご無事で何よりです」

「離宮が賊に襲われたと知らせを聞いた時は、心配いたしましたっ」

「王宮の者たちも、シャルロット様の無事のご帰還をみんなでお待ちしていますよ」

シャルロットは気遣う眼差しに胸が熱くなった。

つまるところヒロインだったはずのエリサは悪者だった。そして自分は、嫌われ者の悪役令嬢ではない。

周りから支えられ、王太子の婚約者として望まれて、ここにいる。

あれは、ゲームの中でのお話。そして現実のここでは――と思って、彼女は自分を守るように抱き締めてくれているクラウディオの腕へ視線を向けた。

いまさらのように期待で、どきどきと胸が高鳴っていく。

歩み寄ってきた父が静かに溜息をもらした。

「王太子殿下、結果的に、娘を約束通り守ってくださいましたことには感謝しております。ただ、あなた様は昔から自分にも厳しすぎて意地を張りすぎたせいで……はぁ、こじれるので、もういい加減素直になっていただけますと嬉しいのですが」

やや疲れた目を向けられて、シャルロットは戸惑う。

「そこは――すまない、モルドワズ公爵」

「いえ、シャルロットが婚約を解消されたとばかり思っていることに対してどう答えたものかと、私と妻は困り果てた程度でございますから」

「それは……とんでもないご心労ですな」

いつの間にかそばにアガレスがやってきていた。そんな彼の呟きに、周りの者たちも納得しきりの顔だった。

いったい、どういうことなのだろう。

そうシャルロットが思った時、国王の側近である父の前にもかかわらず、クラウディオに正面から強くかき抱かれてしまった。

「君が無事で、本当によかった！」

肩越しでくぐもった彼の声も、かすかに震えていた。

（心配、してくださっていたんだわ……）

今、ようやく緊張の糸が切れて、心から安堵したのだろう。

シャルロットは嬉《うれ》し涙《なみだ》と、そして同じく緊張が途切れて涙を浮かべた。

「助けに来てくださって、……ありがとうございます」

震える手をそっと彼の背に回し、そして、もう遠慮することはしないと途端に彼を強く抱き締め返した。

待機されていた馬車に乗せられたのち、王宮へと運ばれた。

だが馬車に乗せられた際と同じく、引き続きクラウディオに横抱きで運ばれて、シャルロットは猛烈に恥ずかしい。

「あ、あのっ、自分で歩けますので……！」

「君を他の誰かに預けるなんて、嫌だ」

彼はそう言い切った。態度でも独占欲を平然と語られて、シャルロットはもう真っ赤になってしまった。

馬車でもずっと彼の膝の上に抱かれていたのだ。鈍い彼女も、さすがに彼の気持ちが結婚相手の自分に向いていたと実感できた。

そばに同行する父も「くくっ」と微笑ましそうに含み笑いしているだけで、自分の前で運ぶなと注意する気配はない。

護衛をしているアガレスも、騎士たちも、付き添う者たちみんなが温かな目だった。

夜だというのに、王宮内はどこもかしこも明るかった。

話を聞き知った貴族たちもシャルロットの無事の帰還を待ってくれていて、姿を見ると安堵の様子を見せた。

おかえりなさいと、誰もが嬉し涙を浮かべて彼女を見送った。

夜間だというのに広い個室には王宮医団が待機していて、クラウディオにベッドに下ろされるなり早速診てもらえた。

男たちが所持していた薬をアガレスが提供したことで、嗅がされた気絶薬の種類が分かって対応は早かった。

「この薬を飲めば、一時間足らずで麻痺《まひ》の作用も身体から抜けるでしょう」

ふらつきも恐怖からだと思っていたが、意思だけを残し、身体の自由を奪う目的の違法薬物だからだそうだ。

侍女たちは「恐ろしゅうございますわ」と慄《おのの》いていた。

とにかく何事もなくてよかったとは、間もなく訪れた王妃と国王も言って喜んだ。

「あとのことは息子が対応するだろう。シャルロット嬢は、まずはゆっくりと休むといい」

「ありがとうございます」

国王が、王妃と手を握って、本当に安心したと仲睦まじく言いながら出ていく。

（とても仲のいいご夫婦だわ）

なかなか子供ができなかった際、第二妃制度を突っぱねた話は有名だった。国民たちが認めるおしどり夫婦だ。

羨ましいと昔から思っていたことを思い出して、シャルロットはハタと我に返る。

もしかしたら、自分たちもそんな夫婦になれるのではないかと、どきどきと予期して王宮医団と手短く打ち合わせをしているクラウディオを見た。

間もなく、彼がベッドのそばに戻ってきた。

「あのっ――」

すると彼は、シャルロットの唇にそっと指をあてた。

「色々と誤解があるようだとは分かった。だが、今は休むことが大事だ。あとで話す時間を作ろう。いいね？」

クラウディオの優しい声色に耳まで熱くなって、彼女はこくりと頷いた。

◆◆◆

誘拐、エリサと暴漢たちのこと――長くも感じたその夜が明けた。

王宮医が告げたように、薬を飲んでぐっすり眠った翌日シャルロットは身体が元通り楽になっていた。

それどころか軽くなったようにまで感じるのは、クラウディオとエリサの関係が自分の誤解だったと分かったせいだろう。

「お身体は大丈夫でございますか？」

「ええ。私たちは、離宮に戻りましょう」

シャルロットは起床を待ちわびていた侍女たちにそう微笑みかけ、王宮医師の診察を受けたのち自分の意思で離宮へと戻った。

閉じ込めるためのものではない。クラウディオが用意してくれたのなら――自分にとって安全な居場所なのだろうと、そう思えたから。

「厳しく警護にあたってしまい、誠に申し訳ございませんでした」

護衛騎士たちが離宮に送り届けてくれると、アガレスも含め、これまで警護にあたったすべての者たちが集まった。

離宮へ入居となったのも、エリサの予想もつかない非常識な行動を懸念してのことだったらしい。警備がもっともしやすい環境だった。

そして彼らは、クラウディオに『必ず守れ』と命じられていた。

エリサの件は伏せているようにとは、彼から指示があったそうだ。

詳しいことは本人から、とアガレスたちは早々に頭を下げて話を終えた。

「ええ、あとはクラウディオ様にお会いした際にお聞きいたしますわ」

シャルロットは感動の涙を滲ませ、美しい微笑みでそう答えた。

もう、不安などなかった。彼を信頼して待つことも苦ではなかった。

事情聴取などで人の出入りが続いた。

エリサは一族から追放、そのまま刑務所預かりとなって法の下に裁かれていくことになったようだ。

王都に来てから礼節もなくクラウディオを追い回し、婚約者であるシャルロットを引きずり下ろそうと数々の企てをしていた。そのためベイカー伯爵は以前からクラウディオと話し合って、彼女に厳重注意をしたり教育を増やしたりと頑張っていたようだ。

彼から『娘の動きがあやしい』と急ぎ報告があったおかげで、誘拐への対応も迅速に行うことへと繋がった。

これまでの努力からもベイカー伯爵と一族は、お咎めなしとなったという。

「このたびは、うちの娘が誠に申し訳なく――」

ベイカー伯爵は、父と一緒にシャルロットのもとを訪ねてくれた。

彼女がエリサと遭遇した『図書館』も『パーティー』も、無断外出をされてのことだったそうだ。

「ご事情も分かりました。もう、気にしておりませんわ」

実際にエリサと接したシャルロットも、父親の苦労ははかり知れないものがあっただろうと推測して労《ねぎら》った。ベイカー伯爵は感動していた。

まだクラウディオとは会えていないことを配慮し、父はエリサのことを大まかに伝えただけで他は何も言わなかった。今回の件を知った兄から、手紙で『飛んで戻るか⁉』と連絡があったことを伝えてきた。

「お兄様には、結婚式でお会いしましょうとお伝えください」

シャルロットは、朗らかな気持ちで父にそう頼んだ。

人の出入りも、話し相手も続いて一日が過ぎるのはあっという間だった。誘拐事件の翌々日、念のための休みをと言われたがクラウディオと会える時を待つ間にでも何かしておきたくて、妃教育を再開させた。

みんなから望まれていると知って、気力が溢れていた。彼のためにとより深い知識と教養を求めたシャルロットに、講師たちはとても嬉しそうな顔をしてつき合ってくれた。

そしてその日の午後、ようやく願っていた再会の知らせを受ける。

午後の四時、シャルロットは離宮の護衛騎士たちに連れられ、侍女たちと共に王宮にあるクラウディオの私用書斎へと向かった。

「すまない、すぐに終わらせるっ」

公務の合間に時間を作ってくれたようだ。

入室してみると彼は補佐官たちと話し合っていたところで、少し焦った感じが珍しかった。それを見て、彼の補佐官たちが笑いをかみ殺していた。

「殿下、こういう時は、少しくらい仕事を残しても問題ないかと」

「責任感の強さは尊敬しますが、仕事中毒と思われては女性に愛想を尽かされますぞ」

「う、うむ、それはいかんな……」

「くくく、そうでしょうとも。我々が『仕事をきちんとする男だと女性の評価が高い』と助言申し上げたら、それを忠実にこなされ続けている殿下ですし──」

クラウディオが、執務机に手をついて立ち上がり彼らのお喋りを止めた。

「とっとと休憩に行けっ」

補佐官たちが、わははと笑いながら逃げて出ていった。シャルロットは珍しさに目を丸くしたし、侍女たちも「まぁ」と口に手をあててそれを見届けた。

(私のために、仕事熱心に……？)

シャルロットは考え、一層どきどきしてきた。

部下たちが出ていった扉を「まったく」と軽く睨んでいたクラウディオが、気を取り直すようにやってきて手を差し出した。

「来てくれたことを嬉しく思う。こんなところで悪いが……」

「いいえ、お時間を作ってくださって嬉しいです」

それは本心だった。シャルロットが素早く手を握ってしまったら、彼はミスを指摘して眉を寄せるどころか──、

「ありがとう」

そう言って、分かっていると伝えるかのようにくすぐったそうな笑みをもらした。

彼がこんなふうに笑うなんて知らなかった。ぽうっとなって見とれている間にも、シャルロットは応接席へと導かれた。

紅茶と砂糖菓子が置かれ、二人はひとまず喉を潤す。

その間に侍女たちは出ていき、外側で立っていた護衛騎士たちが扉を閉めた。

「エリサ嬢の件は、……すまなかった」

二人きりになった場で、飲むことに集中できなくなってティーカップを置いた時に、彼がシャルロットの手をそっと包み込んでそう切り出した。

エリサは昨年王都にやってくるまでの間、社交界で『あまりにも美しい末娘が生まれたので、ベイカー伯爵が大切にして領地に隠している』と噂された。

だが、それは末娘のあまりの不出来さに恥じて黙っていたことにより、美少女という事実が勝手に一人歩きして話が大きくなったのだ。

年頃の娘は一度王都の社交界で、国王に挨拶させる決まりがある。

十六を超え、十七歳近くになっても王宮へ足を運ばせず、伯爵家なのに大きな社交界に出さないままでいるのも難しい。

そして昨年、エリサは王都の屋敷に呼ばれることになった。

（そこは――ゲームと同じだわ）

シャルロットは、クラウディオの話を聞きながら思った。

国王への挨拶も兼ねて王宮の舞踏会に行き、そこでエリサはクラウディオを見て、節度もなく猛アピールを始めたのだ。

フォロー役で姉と兄たちが頑張っていたものの、次々に匙《さじ》を投げた。クラウディオは結婚も控えていて味方を多く作らねばと考えていた時期だったので、エリサに対して礼節を欠くような冷たい対応はできなかったという。

「まさか君が誤解をして……はぁ、これまで続いていた婚約をあっさり白紙にしようと思うとは、想像もしていなかった」

クラウディオが深々と息を吐いた。

包んだ手にぎゅっと力を込められたのを感じて、シャルロットは心臓がはねた。それだけ彼にとって参ったことだったのだ。

「ご、ごめんなさい、私のために公務にも精を出していらした、のですよね……？」

先程の補佐官の話から推測するに、彼は自分と夫婦としてやっていくため、一途《いちず》に勉強の下積みからも頑張っていたのだ。

「そ、それなのに私は……エリサ嬢との仲を誤解して、咄嗟に、ひ、ひどい、嘘まで……」

ごめんない、と消え入りそうなくらい声を落としながら俯いた。視線を下げた際、彼の手に重ねられている自分の手を見ると、二粒目の涙がそこに落ちた。

脳裏に蘇ったのは、自分が楽になりたい一心で、彼との結婚を取りやめようと王の間で婚約解消を提案したことだった。

それればかりか彼の目の前で、他の男性の名前を口にしたのだ。

慕っていて、結婚したいくらい想っている、と。

だから〝その人以外の誰と結婚しようが同じことだ〟と――。

「いいんだ、咄嗟の嘘だったのは知っている」

涙が落ちた手の甲に、彼の大きな手が優しくかぶせられた。

「えっ……？」

「あの場にいた誰もが分かっただろうと思う。ひどく動揺した俺だけが、一国の王子でありながら咄嗟にそんな嘘も見抜けないほどに冷静を欠いた。もしかしたらアガレスが俺に隠れて君を誘惑したのかとか色々と考えて――すまなかった」

クラウディオが言葉も見つからなくなった様子で、最後は真摯に頭を下げて謝罪した。

そういえばこれまで、何度かアガレスのことを言われたことがあった。

（……嫉妬、してくださっていた？）

こんな時なのに、胸が熱くなってどきどきしてきてしまった。彼を知りたい、そんな思いに突き動かされてシャルロットは彼の手を優しく撫でた。

「どうか話してくださいませ。言葉にしてくださらないと、私には分かりませんわ」

「……そう、だな。それもあって君をますます誤解させたのだろう」

彼が緊張をこらえるように息を吐き、頭を起こした。触れているシャルロットの手を見つめ、礼を伝えるように上から包み込む。

「俺は国一の才女である君に認めてもらえるよう、勉強に励み、公務もそのようにした。何しろ幼い君を何度か王宮で見かけて、俺の婚約者探しにと側近たちが動き出した際、俺はモルドワズ公爵に婚約をぜひにとお願いしたんだ」

そんな話、全然知らなかった。

「まさか……クラウディオ様からご指名を？」

「そうだ。『適当に婚約者を決めるものではない』と一度断られもした」

「あの、それから、国一の才女というのはどういうことなんです？」

「自覚がなかったのか？　あの当時から君は、天才が現れたと注目されている才女だった。美貌だけでなく優秀さも兼ね備えていると、縁談を結びたいとする貴族の家が大勢いた」

シャルロットはそこにも驚いてしまったものの、前世と比べて勉強で躓《つまず》きの記憶がなかったことに気づいた。

どうやら前世の記憶が影響して、彼女にすんなり計算なども呑み込ませていたのだろう。

シャルロットの父に一度提案を棄却されたクラウディオは、続いて国王に頼みに行く。

他の令嬢との見合いをセッティングされる前に、自分が気になっている女性はシャルロット・モルドワズだと伝えた。

『側近の中で一番気難しい交渉相手を、お前は……』

国王は頭を抱えたそうだ。

モルドワズ公爵家は、過去に宰相や大臣も輩出している高貴な一族だ。その優秀さから、代々王族への助言を任されてそばに置かれている。

国王とモルドワズ公爵の交渉は、実に一年にも及んだとか。

一度目の失神、そして二度目の気絶を経てシャルロットは婚約者となる。

失礼をしてしまったのになぜ婚約が成立したのかと首を捻っていたのだが、それはクラウディオ自身の願いだったからだ。

「私、全然気づきませんでした……クラウディオ様は嬉しくなさそうでしたし……」

「素直ではなかった子供だったのは自覚している。何しろ、ようやく目の前にすることができた君が、才女と言われているとは思えないくらい愛らしくて」

彼は照れた顔で、白状するようにそう告げてきた。

シャルロットはまた驚いた。嬉しくて仏頂面をしたのだと推測したら、胸が早急に熱くなってきた。

「ずっと、婚約者として君が大事だった」

改まった彼の目がこちらを見据え、どきりとした。

「君は年上の俺よりできる子で、そんな君が見てくれる男にならなければと己を厳しく律した。どんな男であれば才女も振り返ってくれるのか──認めてくれるのか、俺はそればかり考えていた」

シャルロットはそこで、ハタと思い至った。

「あの、途中で仕事の手を休めないのも信念の強さと誠意をお見せになろうとした、のですよね？」

「──恥ずかしながら、そうだ」

「クラウディオ様はもしかして、私は勉強中に集中を妨げられるのが嫌だと考えて、ご自身もそうだと態度で示そうとしたのではないですか？」

「そうだが……違ったのか？」

「はい。私だって途中で手を止めてお話だってしますし、休みもしますわ」

彼が眉間に悩ましげな皺を寄せて、少し上を見た。

「はぁ……それなら君が来てくれた時に、話したい気持ちのまま、一緒に君が持ってきてくれた菓子を食べられたんだな。俺はなんてもったいないことを……」

彼が、過去の自分への後悔をぼやいている。

訪ねても手を止めて振り返ってくれなかったのは、それが理由だったのだ。

シャルロットは気が抜けるのを感じた。年下なのに自分がよくできるから、彼は〝追いつこうとした〟のだろう。

けれどもう一つ、謎は残る。

「では、どうして年々距離を置いていったのですか？　屋敷に立ち寄ってくださった時も、兄を座らせて二人きりにはならなかったでしょう？」

するとクラウディオが、視線を逃がした。彼の目の下が染まる。

「その、君は年々美しくなった。俺も男だ、そばにいるとどうも手を出しそうで……」

「えっ？」

彼とは思えないまさかの回答が聞こえた。

「……あの、もしかして私と一緒にいようとしなかったのは……」

「さすがにあの年齢で手を出したら犯罪者になってしまうので、念入りに気をつけていた」

いったい何歳の頃のことを言っているのだろう。

シャルロットは、もう耳まで真っ赤になってしまっていた。王宮の者たちにも絶対に二人きりにさせないでくれ手を出したらアウトだ、なんて協力をお願いしたという彼の話の部分で、たまらず顔を手に押しつけてしまった。

「も、もういいですっ。よく分かりましたからっ」

ずっと以前から、それだけ想ってくれていたのだとは鈍いシャルロットも理解できた。

「す、すまないっ。少々赤裸々すぎたか」

慌てて彼が覗き込んでくる気配がする。

シャルロットは胸がきゅんとして、羞恥に潤んだ目でちらりと彼を見上げた。手をそろりと下ろしたら、クラウディオが息を吞む。

「違うんです、私に手を出したかったという話も含めて、その……とても嬉しくて……」

顔が猛烈に熱かったが、彼ともうすれ違いになりたくなくて、勇気をもって伝えた。

その瞬間、クラウディオに肩を抱かれた。

ぐいっと引き寄せられた時には顎を支えられ、そのまま彼の唇に吸いつかれていた。

「んんっ、ん」

唇をぬるりと忙《せわ》しなくノックされる。胸が甘く高鳴ってシャルロットが開くと、唇から差し込まれた舌が興奮を露《あら》わに彼女の初心な舌を攫《さら》った。

これまでの彼のキスも、すべて好意あってのものだったのだ。

シャルロットの心は歓喜に震える。嬉しくて、激流に身を任せるようにすべてを委ねる。

(ずっと昔から、私とこんなことをしたかったのだわ――)

キスの気持ちよさをうっとりと覚えていると、甘い心地が身体に満ちていく。

「ふっ――んんぅっ」

不意に、ぞくぞくっと甘い痺れが背を走って、足のつけ根がきゅーっと締まった。

クラウディオが艶っぽい吐息をもらし、顔を離す。

「俺のキスで果てたのか、可愛い……吐息も、声も、想像していた以上に甘い」

うっとりと見つめてくる彼に、シャルロットはもっと真っ赤になった。

彼に、そんなことを妄想されていたのも恥ずかしかったけれど、こんな色っぽい表情をするなんて思ってもいなかったことだ。

「すまない、困らせたか？　君が嬉しがっていることが、俺は嬉しくて……とてもではないがキスを我慢できなかった」

「……困ってはいません。あなた様が素敵なキスをなさるから感じただけで……」

たぶん、この身体は敏感なのだろうとシャルロットは思う。

恥ずかしくて視線をそらしたら、抱き締めていた腕を彼が緩めて両手を取った。それを少し上げて、シャルロットの視線を自分へと戻させる。

「それは名誉なことだ。君に満足してもらえるよう子作りのこともたくさん学んだ」

「えっ⁉」

「君は俺にとって、そばに一番いて欲しい女性だった。君に相応しい夫になりたかったんだ。惚《ほ》れているのは俺だけだったから、君の気をなんとしてでも引きたくて」

彼が困り果てた顔をして、弱ったように微笑んだ。

「俺は、君に見合う男になれただろうか？」

優秀な婚約者に認めてもらえるような、男になろうとした。

幼い頃の立派な王太子になるためだけに、という姿勢は誠意を示したつもりだった。怖い表情になったのはツンとしただけで――。

理解できると、それらはすべてなんと可愛いことか。

じっと見つめてくる婚約者が、可愛くて愛おしくてたまらなくて、シャルロットは熱くなった目を潤ませて微笑んだ。

「昔から、クラウディオ様はとっくに特別すごいお方でしたわ。私も、だからもっと頑張らなくてはいけないと思って努力をしてきました」

「そうか――ふっ、なんだ、似た者同士だったんだな」

「ええ、ふふっ、もっと早く話し合っていればよかったですわね」

顔を見合わせて、小さく笑った。

約十年という長い歳月の溝も、あっという間に二人の間からなくなってしまっていた。

一通り笑ったあと、自然と二人は見つめ合い、身を寄せて指を絡めて手を握り合った。

「シャルロット、俺は君が好きだ。愛している」

婚約指輪がされた片方の手を、彼は自分の胸へと引き寄せる。

そこから、とくとくと脈打つ彼の高鳴る心音が伝わってきた。シャルロットも一層身を寄せて、彼に自分の胸の鼓動を聞かせた。

「はい。私も、好きです……クラウディオ様のことを、強く、お慕いしております」

手をきゅっと握り合い、じっと見つめて心音を聞き合う。

それだけで、互いの愛が伝わるのをシャルロットは感じた。

思いを口にできたことも嬉しかった。彼の涼やかなブルーサファイアの瞳は、今や熱い輝きを宿して一心にシャルロットを映し出してくれている。

「クラウディオ様……」

愛おしさが高まり、思わず感極まって名前を呼んだ。隠さなくても済むようになった彼だけへの特別な感情を込めたら、クラウディオが察して息を呑む。

「シャルロットっ」

彼がシャルロットの両肩を摑んで、ソファへ押し倒した。

「あっ――ん」

名前を繰り返し熱く呼びながら、クラウディオが首筋にキスをしていく。大きな手がシャルロットの身体をまさぐった。

（ここはだめ、彼の仕事部屋なのに……）

心が通じ合ったこの瞬間をもっと感じたくて、シャルロットは熱に流されそうになる。

もうしばらく一緒にいられるのなら、このまま――と思った時だった。

二人の上から、わざとらしいくらい大きな咳払いが上がった。

「おっほん！」

ハッとクラウディオが止まり、シャルロットも驚いて我に返った。

慌てて起き上がってみると、そこには騎士隊長のアガレスが立っていた。

「んんっ、お互い話ができたことで誤解もとけたようで何よりです。いちおうは入室のお声掛けはしたのですが。それだけ殿下がシャルロット様に夢中であると、改めて理解いたしました」

クラウディオは直前までの行動を振り返ったのか、頬を朱に染める。

シャルロットは真っ赤になった。離宮内にアガレスがいなかったことを正しく理解した今、いたたまれなさと申し訳なさも込み上げて謝った。

「お、王の間の発言では多大なるご迷惑を、本当に申し訳ございませんでした……」

「簡単な嘘だとほぼ全員が理解していたことです。お気になさらず」

アガレスは「殿下とも話は済んでいます」とだけさらりと告げると、騎士の姿勢を取って背を伸ばした。

「ところで、殿下にはそろそろ執務にお戻りいただくお約束の時間となりました。残るいちゃいちゃは、あとで離宮にて存分に行ってください」

あとでならしていいらしい。

シャルロットは、クラウディオと目を合わせて照れた顔で笑い合った。アガレスが目撃してしまった先程の続きのことを言っていると分かったが、生真面目に公然と言われると後ろめたい恥ずかしさもなかった。

「ふふっ、そうですわね。それでは、もし本日早めに終わるのでしたら離宮にいらしてください。歓迎いたしますわ」

「い、行くに決まっているっ。夕食も共にする予約をしておくっ」

だから残る仕事を猛然と頑張ろうと、クラウディオは約束してくれた。

「はい。それでは喜んで、食事の準備をしてお待ちしておりますわね」

アガレスが許可して開けた扉から、離宮の護衛騎士たちと侍女たち、そして戻ってきた補佐官たちが見守る中、シャルロットは幸せな笑みを浮かべたのだった。

◆◆◆

それから結婚式まで、シャルロットは離宮と王宮を行き来しながらクラウディオと愛を深めていった。

彼は時間を見つけては昼、そして夜も会う時間を作ってくれた。

もちろん、シャルロットの方も彼の予定を聞いて自分からも会いに行った。

クラウディオが婚約者のシャルロットを連れて王宮を歩く姿は、仕事に熱心すぎる冷たい雰囲気の王太子とは程遠く、愛に溢れた穏やかさと初々しさがあり国王や、王宮のみんなが喜びと共に温かく見守っていた。

【王太子と婚約者は、秋に結婚を控えてとても仲睦まじく――】

週末には公式のデートも行い、その様子は新聞で取り上げられ、国民も社交界も二人が交流を重ねていく様子を注目した。

それでも二人が公務や社交、勉強に手を抜くことは一切なかった。

仕事でもプライベートでもできるだけ二人でいる時間を作ろうとする様子は健気《けなげ》で、二人の結婚が待ち遠しいと国民たちの声も高まっていった。

時間があれば離宮で共に過ごし、時には身体を重ねて愛を確かめ合う。

子を期待する声も高まっており、みんなが望んでくれているので愛し合いもさらに特別な幸福感となった。

忙しいながら充実し、幸せな日々を送った。

離宮に客人を呼べるようになり、久しぶりに会った父と母も嬉しそうだった。

「殿下は一目惚れだったらしい。シャルロットが婚約破棄を切り出したと聞いた時は、私も周りの者たちもほとほと困ったものだ」

「ひやひやさせられたわよねぇ」

今だからこそ笑い話だけれどと言って、母もくすくす笑っていた。

シャルロットが知らなかったそんなクラウディオの話を、結婚式の日を待ちながらどんどん密告されていくことになった。

たとえば、領地の屋敷で暮らしている兄からの手紙だ。

『殿下は君の男除《おとこよ》けになれと言って、俺にパーティーへ出席せよと命じたこともあった』

クラウディオが公務で数日不在の時には、王妃がお茶に呼んで、相手をしてくれながら呆れてこんなことも打ち明けた。

「愛想のない仏頂面は元々だけれど、好きな子の前でも出ちゃうなんてねぇ。ほほほ、あんなに不器用でめんどくさい意地っ張りな男、きっと他にいないわ」

時には、昼食を共にした国王もしれっと教えてくれた。

「思春期を迎えてから、君をいやらしい目で見ている令息が現れたらとか、色々言ってくる時期があってなぁ。そんな目で見ているのはお前だと、何度言ってやったことか」

男なら触れたい欲だって出てくるものだ。それを抑えられる〝理想の婚約者〟になるべく、クラウディオが努力していたこと。

新作のドレスを見るたび、褒めちぎりたいのに口に出せないでいた。

その際に彼は、いつかシャルロットを喜ばせる褒め言葉を言えるようにと、貴族紳士向けの教養本を読《よ》み漁《あさ》っていたそうだ。

これまで離れていた間の彼との思い出が、周りの者たちによって一緒に作られていく。

そんな気がしてシャルロットは素敵だと思ったし、クラウディオがそばにいない間も楽しく過ごせた。

「お前らっ、勝手に暴露大会をするな！」

「うわっ、殿下が戻っていらしたっ」

部下たちが笑って「休憩にいきまーす！」と言って、彼が「余計なお世話だっ」と声を投げることもあった。祝福の気持ちでされていると分かって表情も声も怖くはなく、見送る際には目が笑っていた。

こんなにも素直な人だったかしらと、シャルロットは不思議に思ったものだ。

けれど彼女自身、一度言ってしまえば緊張はほどなくして消えるものだと実感していた。

「クラウディオ様、愛していますわ」

シャルロットも彼に伝えたくて、彼に知って欲しくて、いつの間にかすんなりと言えるようになっていたから。

「俺も――とても、愛している」

彼も、同じく気持ちを言葉にして返してくれた。

打ち解ければ刻々と、クラウディオは柔らかな表情を見せるようになった。

今では、彼の微笑みに驚く人も少ない。彼が王宮にいる間はシャルロットの護衛も担当するようになったアガレスも、嬉しそうにしていた。

「両陛下も安心されておいででした。殿下と共にオビルズ城へ転居となった際にも、引き続きお二人をしっかりお守りさせていただきます」

王家の跡取りの王子は、結婚したらオビルズ城で夫婦で暮らすのが決まりだ。

しばらくはそこが、シャルロットとクラウディオの居城となる。

結婚式までには荷物の運び入れも完了する予定で、コツコツと内装工事や荷作りも進められていた。


周りとも関わっていきながら過ごす日々は、時間が流れるのも早く感じた。

結婚式やオビルズ城への引っ越しの準備などをしながら、シャルロットはクラウディオと大切に日々を丁寧に重ねていった。

春が終わり、夏を過ごし、暑さが和らぎ始め秋の訪れの気配を二人で語り合う。

結婚を待つ間、本当にあっという間だった気さえしている。

クラウディオが残る婚約者期間を、とても大切にしてくれたからだ。

そして秋入りの祝日、結婚式を迎えた。まるで空が王族から新しい夫婦が誕生することを祝うかのような、見事な晴れ空が広がっていた。

挙式に参列をする国王たちが先に出発した。外は大聖堂への婚礼馬車行進に向けて道が整えられ、正午には期待の熱気が王都を埋め尽くした。

「行こうか、シャルロット」

「ええ、クラウディオ様」

太陽が真上に上った時、白い婚礼衣装に着替え終えた二人が合流した。

シャルロットは、今日という喜びの日を迎えられたことに感動を覚えて彼と手を繋ぐ。

ウエディングドレスの長い裾を三人の侍女が持ち、王宮の者たちが見送る。

廊下を並んで歩きながら、シャルロットは試着でも見ていたのに、つい、世界で一番美しい夫にうっとりとした。

ジャケットもベストも白で統一されたクラウディオは、その堅実さの雰囲気がより強まりとても魅力的だった。金の刺繍と装飾、シャルロットの瞳の色の上品な紫のデザインも大変似合っている。

「見とれてる？」

王宮の建物からそろそろ出る、という位置で彼の目が悪戯《いたずら》っぽくシャルロットを捉えた。

「そっ……そういうことは素直におっしゃらなくていいのです」

「男としては確認したくなるものなんだ。今日の君は、妖精の女王でさえ嫉妬しそうなほど美しい」

豪勢な婚礼飾りがされた白亜の馬車へと続くアプローチ階段。その手前で彼が足を止めて向き合い、手袋をはめたシャルロットの手を持ち上げ、キスをする。

いつの間に、そんな褒め言葉まで口にできるようになったのか。

王宮の建物正面にも貴族がたくさん集まっていた。兵や使用人も『いいものを見た！』と言わんばかりの拍手を送る。

「……クラウディオ様だって、何度も恋に落ちてしまいそうなほど美しいですわ」

シャルロットは頬を朱に染め、初々しく小さな声でそう伝えた。彼は「光栄だ」と心から嬉しそうに微笑んだ。

二人、手を取って婚礼馬車へと乗り込んだ。

間もなく大窓を持った美しい婚礼馬車が、王宮から出発した。前後を礼装に整えた王太子の護衛騎士隊が騎馬で同行する。

先頭を行くのは、同じく本日オビルズ城の新拠点へと入るアガレスだ。

代々の王族が婚礼を挙げるスワロッゼ大聖堂へと向けて進んでいく婚礼馬車へ、大勢の国民が祝福を送った。

手を振り返すのに忙しくて、シャルロットは緊張をしばし忘れる。

スワロッゼ大聖堂では、満員の立ち見席となって王侯貴族たちが二人を待っていた。

婚礼馬車を降りると、荘厳な式場に拍手が巻き起こった。

緊張が込み上げたのはわずかだった。寄り添ったクラウディオが、ひどく柔らかな微笑みを向けてきた。

言葉はいらなかった。視線で愛を語り、シャルロットは彼と大聖堂の正面の門を大切にくぐった。

会場に敷かれたヴァージンロードを、一歩ずつ大切に進んだ。

親族席には両親だけでなく、兄夫婦も駆けつけてくれていた。義姉は無事に生まれた子をその腕に抱いていて、嬉し涙を浮かべて祝福している。

（ああ、誰もが祝ってくれている――）

シャルロットも、もう感動で泣いてしまいそうだった。

この日のために来てくれた高名な大司教が、二人の結婚を祝う言葉を述べた。

彼は、素直になって想いを口にして伝えることの大切さを説いた聖書の小節を二つ、夫婦円満の祝福にとシャルロットとクラウディオに贈った。きっとシャルロットの両親や国王夫妻、もしくはみんなからのメッセージも込められているのだろう。

「互いを思いやり、愛し続けることを神に誓いますか？」

大司教の視線を受けてすぐ、クラウディオが頷いた。

「苦難がある時も彼女と共に乗り越え、揺らぐことのない永久の愛を誓います」

決して離すことはないと、握り合った手にぎゅっと力を入れて彼が伝えてくれた。

シャルロットは強い幸福感に涙が出そうになった。

「喜びも、涙も、彼と共に。生涯をそばで、彼を愛し続けることを誓います」

シャルロットの感動する幸せいっぱいの宣誓を受け、会場の者たちも拍手しながら感涙を流していた。

左手の白い手袋が外され、結婚指輪が交換された。

「二人は神の御前で夫婦となりました。この白い手袋は、夫婦となって一番に触れるのは互いであると、神に誓うものです」

さあ、向かい合って、と大司教が小さな声で促す。

シャルロットは、クラウディオと向き合った。

「それでは、誓いのキスを」

その言葉を受けて、彼がシャルロットの薄いヴェールをそっとめくって囁く。

「手袋をしているのが残念だな。君の肌には、直で触れたいのに」

「あとで、存分にお時間はございますでしょう？」

くすくすと笑いながら、唇を寄せ合う。

「それもそうだな――」

クラウディオの囁く声は、シャルロットの口の中へと消えた。

会場から、拍手と祝いの言葉が響き渡った。

その後、シャルロットは祝福の拍手と声を受けながらクラウディオと再び婚礼馬車に乗り込んだ。

アガレスが率いる護衛部隊の、華やかな騎馬の行進で新居となるオビルズ城へ向かう。

オビルズ城は、王都の少し高台にあった。

門扉をくぐると美しいなだらかな丘があり、そこを進んでいくと平地と共に、立派な庭園を持った城の建物が姿を現す。

正面から見ると幾重にも尖塔が重なって見えるのは、オビルズ城が大きな中庭まで持っていて、住居側、図書室などがある側、使用人たちの暮らす場所に加えて騎士舎まで有した元の王家の拠点でもあるせいだ。

「ご成婚をお喜び申し上げます」

二人を待っていたのは、今日からオビルズ城勤めとなるクラウディオの執事と使用人たちだった。離宮の侍女たちも到着していた。

大勢の者たちに祝福一色で迎えられて、シャルロットは感動で胸が熱くなる。

これから共に生活をしていく者たちに挨拶をした。

だがアガレスの先導も待たず「顔合わせはまたあとでいいだろう」と言って、クラウディオがシャルロットを横抱きにした。

「きゃっ、な、何をなさいますの」

全員が揃った前でお姫様抱っこをされ、彼女は真っ赤になって狼狽えた。

「みなに、俺の妻だと分かってもらわねば」

「皆様とっくに存じ上げておりますっ」

クラウディオが笑って歩き出した。満足してもらえたと分かったからだろう。

（城に妻を抱き上げて入るなんて、ロマンチックだわ）

シャルロットはどきどきして彼の胸板に頭の横を押しつけた。微笑ましい新しい夫婦を、誰もが微笑みで見送った。

幼少期に母とよく泊まっていたと以前話してくれた通り、クラウディオは道順を分かっていて、真っすぐ二階へと上がっていく。

やがて、扉が開けられていた大きな寝室の入り口をくぐった。

「実を言うと、俺が待ちきれないでいる」

「えっ？」

「王宮を出て光の下を歩いた君のウエディングドレスを、早く独り占めしたかった」

抱く彼の手に力が入り、シャルロットは心臓がばっくんとはねた。後ろで静かに扉が閉まっていく音がした。

寝室はとても広く、ゆるくカーテンが縛られた美しい窓が並んでいた。

奥に、天蓋がある立派なベッドが置かれてあるのが見えた。

そこに、クラウディオは丁寧にシャルロットを横たえた。自分も乗り上げ、膝立ちになって彼女の手を握る。

「正直、今日は自分を抑えるのが難しい」

彼は愛おしそうに、シャルロットの手袋にキスを落とした。

「君の視界を独占したい、君のすべてをこの目に焼きつけたい――今日という特別な日を、ずっと一緒に過ごしてくれるな？」

「はい……もちろんでございます」

期待にどきどきと高鳴る胸で、すでにどうにかなってしまいそうだった。

視線を交わらせているだけで、互いの熱が上がっていくのを感じる。

「それでは、取るぞ」

「あっ、私はクラウディオ様のを」

彼が優しく手袋を脱がせた。シャルロットは震えそうになる手で彼の手袋を取る。

妻と夫が互いの手袋を取るまでが婚礼だ。それを脱がせてもいいか殿方が聞き、女性側が『はい』と答えれば、初夜となる。

白い手袋は、花嫁の純白のウエディングドレスをたとえていた。

その意味を知っていたシャルロットは、恥じらいながら自分の衣装に手をあてる。

「あ、あの……脱ぎましょうか？」

特別な日だ。シャルロットは、彼が望むのなら自分からドレスを脱ぐつもりがあった。

「君が脱いでいくのも捨てがたいが——今は、そんな余裕がない」

「あっ」

始まりは唐突だった。

クラウディオが覆いかぶさり、シャルロットの唇を奪う。

挙式まで二人を律していたものが決壊したみたいに我慢が弾《はじ》け飛《と》び、抱き締め合い、シャルロットも彼へ舌を伸ばして必死に絡めた。

「んんっ、ん……ふぁ、あん、んっ……」

クラウディオが彼女の身体をまさぐった。くすぶっていた熱がぐんぐん強まっていくのを感じ、彼女も欲情が止められず彼と身体をこすり合わせた。

腰につけられていた長い婚礼用の裾などが、ぱちん、ぱちんと外されていく音がする。

「んぁっ……！」

スカートを荒々しくたくし上げられ、彼の欲望を押し当てられた。

そのまま腰を押さえ込まれて、キスをしながら彼が身体を前後に揺さぶっている。

(ああ、あ、気持ち、いい)

欲情で脈打つ秘所をこすられると、熱と共に甘い幸福感がお腹の奥へと広がった。

(このまま、一度——)

キスをしていられなくなり、たまらず潤んだ目で彼を見上げた。

「君も、興奮しているのか」

クラウディオが、素早くズボンのベルトを取りにかかる。

彼も早急に昂っているのだろう。この日を待ちわび、試着からずっと想いを馳《は》せていた婚礼衣装のせいでもあるのかもしれない。

シャルロットも彼のジャケットを脱がして手伝った。

「は、はい、興奮しております……早く、一つになりたくて……」

「それなら見せてくれ。君が、自分の手で」

ネクタイを引っ張ってほどく彼に、胸がきゅんっとはねた。

恥ずかしかったものの、欲しい気持ちのまま腰に上がったスカートの向こうを探り、下着をそろりと脱いだ。

そのまま、彼に向かって足を開くと、空気に触れるのを感じた。

濡れているせいだ。ひだが動いてくちゃ……と蜜口を薄く開いたのだろう。彼の視界に晒されて、ひくりと脈打つのも分かった。

「ああ、本当だ、蜜が滲んでいるのが見える——また濡れてきた、俺に見つめられて感じているのか?」

「そっ……そうです、あなた様が見てくださるから……」

この嬉しい日に言い訳なんて必要ない。

シャルロットは、クラウディオが取り出した欲望がぴくっと揺れるのを見た。膨らんで大きく滾ったその大きさは、今の彼の心を物語っている。

愛され、そして求められていることが嬉しくてたまらない。

彼女の奥から、また愛液がとろりともれてきた。

「俺もだ。君の視界に入って、痛いほど膨らんだ」

クラウディオが、シャルロットの太ももを押し開いた。

「すまない――もう、止まれない」

ぬちゅりと先端をあてると、彼が自身をシャルロットへと埋めた。

「あぁぁっ……」

膣壁を引っ掻きながら奥まで収められた。

彼の大きなものはシャルロットの隘路にはきつく、けれど彼が浅く前後して蜜を誘い出すと、愛液で濡れて彼を子宮の入り口まで導く。

「ああ、シャルロット、中がうねって、早く欲しいとせがんでくる」

クラウディオが心地を確かめるように己を抜き差しした。

「あっ……あぁ……あっ……」

シャルロットは幸福感を覚えた。大切に一突きされるたび、恐ろしいほどの快感が甘く脳芯まで響いてくる感覚。

「シャルロット、いい……っ」

蜜で滑りがよくなってすぐ、彼が官能の吐息をこぼして腰を大きく前後させた。

（クラウディオ様も、この日を喜んでくださっている――）

幸せでいっぱいだから、お互いこんなにも感じるのだ。

シャルロットは嬉しさに目が潤んだ。

「あぁん、ああ……クラウディオ様っ、あん……クラウディオ、さまぁっ」

出入りする彼を感じていると、次第に奥が切なくなった。

疼く感覚がたまらず、シャルロットはまだウエディングドレスをまとっている自分の胸を上から押さえ、腰を前へと突き出した。

そうすると、自然と腰が揺れて彼を気持ちいいところにあてようとした。

はしたなさに赤面する。だが、クラウディオがさらに腰を押し込んで中を穿ってきて、ハッと気づく。

彼の青い目は劣情にゆらゆらと揺れ、ぎらぎらとシャルロットを見下ろしていた。

（私の動きに――興奮していらっしゃるんだわ）

彼のために、シャルロットは恥じらいを捨てて腰をさらに上下に揺らした。

「あぁっ、あっ、ああ、……気持ちいいっ、んっ、ン」

強い快感に腰が甘く痺れたら、もう止まれなかった。

今日という特別な日が、シャルロットを大胆にさせているみたいだ。彼が教えてくれたように中を締め、腰を回す。

「は、ぁ、とてもいい。素敵だシャルロットっ」

クラウディオが両脇に手をつき、ぐっぐっと腰を押し込むように強く突き上げた。

シャルロットは快感が奥で軽く弾けて、ぞくぞくっと震えた。

一度止まった彼が、果てた感覚がやまないうちに緩急をつけて出し入れしてきた。

「あぁん、あぁ……クラウディオ様……はぁ、あぁっ」

ずちゅ、ぬちゅ、と突き上げられるのが気持ちいい。

一度軽く快感が弾けたシャルロットの中が、愛しい人との繋がりをもっと強く感じたいとねだって、また切なく疼く。

「不埒で美しい花嫁だ。奥を突くとたびたび軽く達して、俺に吸いついてくる」

「いいの、あぁ……もっと、もっと欲しいの……あぁん」

彼がお腹の手前のいいところを押し上げて、甘ったるい声が口からこぼれた。

果てそうで果てない刺激が、気持ちいい。このまま続けて欲しいとも思うし、けれど疼きすぎてつらい奥に強く欲しい、とも望んでしまう。

「なら、奥を強く押し上げられる方がいいか？」

クラウディオがシャルロットの腰を持ち上げ、回すようにして奥を穿った。

「あぁぁ、イく、奥ゆっくりぐりぐりするのだめ、イく、もうイく……っ」

「今日の君は大胆でとてもそそるな。だが——イくなら、もっと深くで味わうといい」

もう少しで果てそうだったシャルロットは、不意に引き起こされた。

座るクラウディオと向かい合わせにさせられた。引いていく蜜壺の快感にぼうっとしていると、ずちゅんっと彼の上に落とされて背がそった。

「ああっ、あ、あ、これだめ、深く、感じて……っ」

甘い絶頂感に震えるのも待たず、彼が尻を摑み下から突き上げてくる。

「ひんっ、あぁ、だめぇ……は、あぁ、また……あっ、んんぅ」

全身の毛穴が開くような悦楽を胎内に覚えた時には、蜜壺を痙攣させ、彼を締めつけてまた達していた。

「君はこれが好きだったな。深く感じたかったのだろう？　君も、好きに動くといい」

「よすぎて……おかしく……っ、ああ、ぁんっ……ふ、ぁっ」

愛液がしとどにこぼれ、一層ぱちゅっぷちゅっと音が上がる。

シャルロットは彼の首に手を回し、面白いくらいにはねた。いい箇所ばかり突かれて子宮は何度も甘く引きつる。

気づけばシャルロットは彼を求めて、腰を淫らに揺らしていた。

「もっと、俺を感じたいのか」

「は、い……あぁっ……感じたい、あん、あぁ、クラウディオ様」

「俺が欲しいか」

「欲しいです、もっと、一つにっ」

シャルロットは彼のそそり勃ったものに自分で激しく腰を上下に振った。

愛する人に出して欲しい、我慢せず注いで欲しいのだと蜜壺の搾り取ろうとする痙攣の感覚は短くなっていた。

快感の涙を浮かべ、あの熱を感じたくて彼女は懸命に動く。

「ならば、やろう」

クラウディオが、ベッドに仰向《あおむ》けに倒れ込んだ。シャルロットは横になった彼の上に座り込む形になる。

「花嫁衣装でイく君を、見せてくれるのなら」

彼の上に馬乗りになっている状態に、シャルロットは羞恥に襲われた。

「さあ、動かないとイけないぞ」

骨盤に手を添えるようにして腰を摑まれた。彼がほんの少しだけ、シャルロットの腰を動かすのを手伝う。

自分の体重で、彼の全部を飲み込んでいる状態だ。根本と彼の身体で熟れた花芯がこすられて、強い快感にびくびくっと腰が揺れた。

我慢できない悦楽が背を昇り、その拍子に彼女は動き出していた。

「はっ、ぁ……クラウディオ、さま……あっ、く……あぁ」

乱れたウエディングドレスから衣擦《きぬず》れの音を立てながら、シャルロットは彼の婚礼衣装のベストに両手をつき、腰を前後に揺らした。

「う、んっ……あぁっ、ン」

一つになっている感覚がより伝わってきて、子宮がじーんっと甘く痺れる。

甘美な快感に理性が蕩けた。シャルロットは刺激を求め、間もなく腰を持ち上げては落としていた。

「あんっ、あっ、いいっ、気持ちいいの……っ、あっあ、クラウディオ、さまっ」

彼女の動きに合わせて、ベッドが揺れる。

その光景を見ているクラウディオが、ひくりと腹筋を引きつらせて唾を呑んだ。

「はぁっ、シャルロット。とてもいい光景だ。君は、美しい」

彼の満足げな艶っぽい吐息に、シャルロットはきゅんっとした。

「こ、こんな、いやらしくてごめんなさい……あ、あんっ、でも、止まれないの……あなたが愛おしくて。とても、よくて……あぁ」

神聖な結婚衣装で、彼とベッドで不埒に繋がっていることでもシャルロットの快感が増していた。

（いつもより、気持ちいい）

膣奥がきゅうっと収縮した。ぞくぞくっと背が震えていく。

「あ、ふっ……イっちゃ……もうイく、気持ちいい、だめ、あっあっ、あんっ」

もう、果てたくて必死に腰を振り乱した。

「これは――たまらない、我慢できない」

その時、クラウディオが彼女の腰を強く摑んで、下からがつがつと突き上げてきた。

シャルロットはあられもなく喘ぎ、彼の上で踊った。

「あっあっあっ、だめぇっ、おかしく、なる……っ、深いのが、きちゃ……！」

下半身からぞくぞくと快感が上がってきて、足をぎゅっと閉じて彼の胴体を挟む。

シャルロットは甘ったるい悲鳴をもらして果てた。クラウディオが呻きをもらして止まり、奥で欲望を注ぎ込む。

「あぁ……っ、あ……ああ……」

彼のものがびゅくんっとはね、熱で満たされていくのを感じた。

甘美な幸福感が指先まで広がっていく。クラウディオも同じ感覚を覚えたのだろう。二人は同時にくったりと身体から力を抜いた。

「シャルロット、とても素晴らしかった」

「クラウディオ様……」

汗に濡れた髪をそっと寄せられて、彼女は誘われるように顔を上げて彼と目を合わせた。

彼が頭を撫でながら引き寄せ、二人の唇が重なった。

「んぅ……ん……ふぁ、あっ、ん」

吸い合っているだけではとうに足りなくなり、互いに口を開け、舌を触れ合わせる。

シャルロットは、中にある彼が力を取り戻すのを感じている間にも、ドレスの上から乳房を揉みしだかれていた。

(もっと。もっと、触って欲しいわ)

触れたい、もっと近くに感じたい――彼女も欲情のまま彼のたくましい身体に手を這《は》わせ、火でもついたみたいに互いをどんどん乱した。

クラウディオが一度繋がりを解き、ズボンもベッドの外に放った。

たくましい肉体美に見惚《みほ》れていたシャルロットは、腰に引っかかっている最後の衣服を脱がされた。

「本当に敏感で、美しい身体だ。どこの肌でも感じる君は愛らしい」

ぬちゅりと彼の欲望が中へと戻ってきた。覆いかぶさった彼に、ちゅっちゅっと首へキスをされて心地よい快感に包まれた。

「あっ……は、ぁ……いい……」

押しては、引き抜き、徐々に突き上げを増していく彼に蜜壺が甘く震える。

「俺がどれほど君を愛しているのか、そして今、どれほどの幸せを感じているのか——今日はずっと、この身で感じてくれ」

「はい、もちろんです……私も、幸せです」

上から彼が手を握ってきて、シャルロットもその指をきゅっと握り返す。

「俺も、君と結婚できて幸せだ」

それを合図に、彼は力強く深く刺してきた。

大きなベッドの上で、二人は汗ばんだ裸体を重ねて乱れ合った。まだまだ足りない想いがして、胸につくほど膝を抱えて持ち上げた彼をシャルロットは抱き締める。

「あっあっああ、激し、あんっ、あぁん」

「シャルロット、シャルロットっ」

日も高い時間から始まったその行為は、時々サイドテーブルの初夜用の酒や水をクラウディオが口に含み、口移しでシャルロットに与えつつ続いた。

やがて月明かりが窓から降り注いでも、尊い子作りの時間は続いた。

二人は愛の言葉を伝え合い、肉体でも互いの熱と想いを何度も確かめた。

そうしてベッドを愛液と精液でぐちゃぐちゃにしたのち、シャルロットが気絶してようやく長い初夜を終えたのだった。

エピローグ

王太子夫婦が誕生した日から、王都は二人のことで大盛り上がりだった。

一週間の結婚休暇が明けると二人の公務の様子が取り上げられ、新聞でも毎日のように特集ページが設けられていた。

【王太子は身体を気遣って休憩を取られるようになった。その仕事のこなしっぷりが変わらないのは、妻となった王太子妃の有能さにある】

誰もが、すでに有能ぶりを見て安心感を抱いていた。

結婚休暇後に王太子妃として王宮へ通い始めたシャルロットは、王室執務関係の書類処理も手伝って、その速さは文官たちを慄かせた。

夫と出席した外交関係の公務のパーティーでは、彼女が数ヵ国語話せるのを見た令嬢たちが、語学への感心を寄せて社会現象も起こした。

二週間後には、外交で王太子夫婦として隣国へ出発することも決まっている。

だがシャルロット本人には、すごいことをしている自覚はない。

シャルロットは夫となったクラウディオと、家族の縁が結ばれた国王と王妃を手助けできることが単に嬉しかった。よくしてくれた王宮の者たちに積極的に関わり、日々、自分が他にもできることはないか探している。

仕事も、そして結婚生活も驚くほど充実している。

とはいえシャルロットは、新婚について少し悩んでいることがあった。

「あんっ、ン……もう、終わりませんか？」

平日の早朝、夜明けと共にいつも通り起床した。

シャルロットは湯浴みの時間が来るまではと、掛け布団の中で全裸の状態で夫に上から愛を受けていた。

「まだ足りない。もう一回だけだから」

身体をぴたりと重ねているクラウディオが、下半身を前後に揺らしながら繋ぎ合っている手に少し力を入れた。

突き上げの角度が少し変わり、押し上げもやや力が増す。

「あぁん、あぁ……でもこれ三回目……はぁっ、ん」

「君に甘えられる朝の時間が終わってしまうと思うと、この貴重な二人の時間にできるだけ君を愛していたいんだ」

達しそうな短い収縮の感覚が迫ってくる。

するとと彼がまたしても腰を止め、シャルロットの汗ばんだ頬や首にキスを落とした。

その間、彼の脈打つ熱で蜜壺をじわじわと刺激されてたまらない。

「ン、クラウディオ様、今日もお仕事がありますのに……」

彼は聞いているのかいないのか、首筋や耳にちゅっちゅっとキスをしてくる。

王太子妃になったシャルロットの大切な役割は、彼の子を宿すことだ。

(それは分かっているの、分かっているのだけれど……っ)

新婚休暇の間も、シャルロットはこれでもかというくらい抱き潰された。

それなのに彼は公務を再開してからも『子供を宿すことを国民たちも求めている』と正当化し、王宮でもシャルロットを抱いた。仕事はきっちりしてくれるのだが、ご褒美をくれと言って先日もガーデンハウスで一度――。

結婚式から彼の熱というか、性欲的な勢いが全然衰えないことに、今は少しだけ悩まされているところだ。

「焦らされると、気持ちいいだろう?」

クラウディオが再開し、子宮をトントンと軽く叩いてくる。

「ああ、あぁん、だめ、じわじわとイきそうになるから……っ」

奥がじーんっと甘く痺れる。足が開いて、腰が浮く。

けれど彼は、そこでまた刺激を弱めて浅い部分をゆるゆるとこすった。

「は、ぁ……気持ちいい……溢れて、止まらない……」

「うねって最高だ、シャルロット」

「朝からこんなに濡れるなんて、だめ……ン、もうイかせて……そろそろ、起きましょう」

「まだ時間はある、愛させてくれ。これまで寂しい想いをさせた分も、すべて埋めると決めている」

それは新婚生活が始まって彼に告げられたことだが、甘々に溺愛しすぎて、シャルロットはすっかりいやらしくならないか心配だった。

「ン、あなた様が私を愛しているのは、もうよく分かっています……よすぎて、あなたから離れられなくなったら……」

「好きなだけ俺を求めてくれていいんだ、シャルロット。俺なしにはいられない身体にしてやりたいな、とは思っている」

「え？」

「俺以外には君を満足させる男はいないのだと、この愛おしい身体に教えてやらないと」

彼が繋いだ手を引き寄せ、結婚指輪に愛おしげに唇を押しつけた。

とんでもない夫だ。でも劣情を抱くのも、彼がそうしたいのも独占したいくらい自分のことを愛してくれているからで――。

「愛してる、シャルロット。君は？」

彼が艶っぽく笑って、顔を寄せてくる。

性欲が強めなところも気にならないくらい、シャルロットも彼に惚《ほ》れ込《こ》んでいた。

むしろ彼が〝盛ん〟な理由を正しく分かっているから、結局のところ求められるのは嬉しくなってしまうのだ。

「私だって……クラウディオ様を、愛しています」

シャルロットは彼と指を絡めて手を握り、自分から唇を重ねた。

うっとりとする気持ちのいいキスをされる。そのまま彼に膣奥のいい場所を刺激されれば、幸せな気持ちが快感と共に全身へと広がっていく。

「ん、んん……はぁっ、ん……ン……」

手だけでは足りなくて、彼と抱き締め合ってシャルロットも行為に耽った。

愛する人の妻になり、朝目覚めれば隣に彼がいる。

幸せだった。きっと、来年には家族も増えているだろう。彼女も彼との子供に早く会いたい気持ちがあった。

そして湯浴みをしなければならない時間が迫るまで、彼女は夫となった王太子としばし愛を確認し合ったのだった。

了

あとがき

このたびは多くの作品の中から、「婚約破棄したい悪役令嬢ですがヤンデレ王太子に執愛されてます～甘すぎR展開なんて聞いてませんっ‼～」をお手に取っていただきまして誠にありがとうございます！

ヴァニラ文庫様から三冊目を出させていただきました！

今回は悪役令嬢ものを書かせていただきました。婚約者との仲がうまくいかないことを心から悩んでいたシャルロットが、婚約者が女性といる光景を見て、自分がこの世界では悪役令嬢だったと思い出してから始まる物語です。

もし、ヒロインになるはずだった女の子とシャルロットの始まりが違っていたら。道徳も含めて学ぶことができる機会を放棄したら……と二人が先にまず誕生しました。

R展開になってしまう、という好きな要素も盛り込みつつ、シャルロットと素直になるのがへたになってしまったクラウディオのお話を執筆いたしました！　皆様に楽しんでいただけましたら嬉しいです。

このたびは表紙と挿絵を、氷堂《ひどう》れん先生にご担当いただけました！　ヒーローからヒロインから本当にとっても素敵な絵を描く先生で、初めてキャラデザを拝見した時「憧れの先生が描く二人、ほんと素敵すぎる！」と叫んでしまいました！

美しい表紙はシャルロットのドレスからクラウディオの眼差しから、カラーの仕上がりまで本当に感激でした！　とっても素敵な挿絵もたくさん描いていただき、幸せで、皆様にもぜひ先生のイラストと共に、本作を楽しんでいただけたらとっても嬉しく思います！

担当編集者様には、このたびはとくにとってもお世話になりましたっ！　本当にありがとうございました！　改稿の際やブラッシュアップでもお電話でお話を聞いてくださって有難かったです。

素敵な一冊になるまでたずさわってくださった皆様、出版社様、刊行から発売までかかわってくださった皆様にも感謝を！　またご一緒できたら嬉しいです。

新作をこうしてお手に取ってくださった読者様に心からお礼を！

そして大変な時に、作品作りを支えてくれた家族にも心から愛を込めて！

今年最後の月である今月には、他にも紙書籍や電子書籍、初めての異世界BLの書き下ろし小説も発売されますので、ヴァニラ文庫様の作品と共にお楽しみいただけると嬉しいです。

百門一新

婚約破棄したい悪役令嬢ですがヤンデレ王太子に執愛されてます
～甘すぎR展開なんて聞いてませんっ‼～

Vanilla文庫

2023年12月20日　第1刷発行　定価はカバーに表示してあります

著　者　百門一新　©ISSHIN MOMOKADO 2023
装　画　氷堂れん
発行人　鈴木幸辰
発行所　株式会社ハーパーコリンズ・ジャパン
東京都千代田区大手町1-5-1
電話　03-6269-2883（営業）
0570-008091（読者サービス係）
印刷・製本　中央精版印刷株式会社

Printed in Japan ©K.K. HarperCollins Japan 2023 ISBN978-4-596-53195-7